U0669788

鸟的故事

【美】约翰·巴勒斯 著　董继平 译

青海人民出版社

图书在版编目（CIP）数据

鸟的故事 /（美）约翰·巴勒斯著；董继平译 . --
西宁 : 青海人民出版社 , 2015.8（2024.2 重印）
ISBN 978-7-225-05015-7

Ⅰ . ①鸟… Ⅱ . ①约… ②董… Ⅲ . ①散文集 - 美国
- 近代 Ⅳ . ① I712.64

中国版本图书馆 CIP 数据核字 (2015) 第 203168 号

鸟的故事

（美）约翰·巴勒斯　著

董继平　译

出 版 人　樊原成
出版发行　青海人民出版社有限责任公司
　　　　西宁市五四西路 71 号　邮政编码：810023　电话：（0971）6143426（总编室）
发行热线　（0971）6143516 / 6137730
网　　址　http://www.qhrmcbs.com
印　　刷　永清县晔盛亚胶印有限公司
经　　销　新华书店
开　　本　850mm×1168 mm　1/32
印　　张　8.75
字　　数　190 千
版　　次　2015 年 8 月第 1 版　2024 年 2 月第 4 次印刷
书　　号　ISBN 978-7-225-05015-7
定　　价　30.00 元

版权所有　侵权必究

约翰·巴勒斯

总序

董继平

自从人类有了文字以来，自然就频频出现在文字中：起伏的群山、连绵的森林、奔流的江河、辽阔的草原、变换的季节、习性各异的动物和千姿百态的植物……由此，自然成为世界文学史上一个永恒的主题，其杰作众多，或天马行空，或流光溢彩，或细致入微，影响甚大，这个传统一直延续至今。在中国，至少有两部世界级的自然文学著作深深地影响过国人：一部是法国博物学家、文学家法布尔（Jean-Henri

Casimir Fabre, 1823–1915）所著的《昆虫记》，作者以深入的眼光、细腻的笔触娓娓讲述了昆虫之美；另一部是美国诗人、作家梭罗（Henry David Thoreau, 1817–1862）所著的《瓦尔登湖》，作者用自己的心灵之语向世人述说一个孤独者在湖畔的个人生活及融入自然的精神状态。

近代自然文学的产生和繁荣自有其根源，绝非偶然。从工业时代开始，人类为摆脱低下、落后的生产力而不断追求现代化，随着这一进程不断加速，自然生态也深受影响，不断恶化，在面对日趋严重的生态破坏的时候，人们就更加渴望回归自然的怀抱，以科学、理性的态度去善待大自然。在这种情况下，近代自然文学就应运而生。

在世界自然文学的发展过程中，没有哪个国家像美国那样发达、那样繁荣，自然文学的成就之大，可谓一枝独秀，在200年的时间里人才辈出，佳作纷呈，形成了群星璀璨的局面。美国自然文学的问世与发展，也自有其渊源。当年，与欧洲老大陆相比，美洲这个新大陆尚属蛮荒之地，但在1789年美国建国以后的那几十年里，工业飞速发展，经济建设一路高歌猛进，经济实力也渐渐迎头赶上欧洲老牌工业国。可是，正是在那几十年的飞速发展中，美国的现代化进程却付出了牺牲自然环境的沉重代价，其自然资源遭到了掠夺性开发，生态环境遭到极大破坏。修建横跨美国大陆的铁路，一方面为美国经济的发展做出了巨大贡献，另一方面却让曾经在大陆上到处漫游的野牛加速消失。面对这种现象，一批有识之士便开始积极奔走，为保护自然而大声疾呼。在美国人民认识到日益逼近自己生活的生态问题之后，大约在19世纪50年代至20世纪20年代这70年间，美国社会逐渐兴起了一场声势浩大的自然保护运动，其影响之大，覆盖面之广，持续时间之长，均令世界瞩目。这场自然保护运动在客观上促成了自然文学在美国的蓬勃发展，此间不仅大家辈出，而且还逐渐形成了美国文坛上的"自然文学"这一特殊文体。到了20世纪下半叶，环境保护主义运动在美国达到了鼎盛时期，同时也在全世界范围内不断扩展，随着这一运动的不断深化，自然文学愈加受到人们关注，并形成了一个庞大的作者群体，这些作家以大自然为写作对象和主题，着重以科学的方式来揭示和探讨人与自然的关系，号召人们走进荒野，倡导人们与大自然建立亲密联系，保护大自然的完整和野性，呼吁人们以一种更平等也更和谐的方式来处理人类与大自然之间的关系。

尽管有些文学史家把约翰·史密斯（John Smith，1580–1631）的《新英格兰记》和威廉·布拉福德（William Bradfor，1590–1657）的《普利茅斯开拓史》认为是自然文学最早的雏形，但真正意义上的美国自然文学的先驱，当属博物学家威廉·巴特拉姆（William Bartram, 1739–1823）。巴特拉姆出生于自然文学世家，他的父亲是"美国植物学之父"——约翰·巴特拉姆。威廉·巴特拉姆从小便受家学的熏陶，一边徜徉在父亲的植物园中，一边倾听鸟语、嗅闻花香。从严格意义上讲，威廉·巴特拉姆算得上是美国自然文学中的第一个大家，在其代表作《旅行笔记》中，他以细致而生动的笔触描述了尚处于原始状态的美国东南部的自然风景，用亲身感受讲述了那里的自然荒野之美。这部著作于1791年一问世，便在欧洲反响强烈，颇得好评，即使像柯勒律治那样的浪漫主义大作家也对其大加赞赏。最重要的是，他在《旅行笔记》

中告诉我们，地球上的一切生物都绝非呆若木鸡，相反它们都非常聪明：
"如果留心一下任何动物，就会发现它们的效率高得让人震惊。它们行
动前会精心策划，而且富有恒心、毅力和计谋。"这样的观点，无非是
要让我们去尊重自然。

　　但真正形成团体而投身于自然文学的作家，则是美国文学史上那
批著名的超验主义者。超验主义的领袖拉尔夫·沃尔多·爱默生（Ralph
Waldo Emerson, 1803–1882）在他著名的《论自然》中阐述了自己对自
然的观点，他不仅认为"自然是精神之象征"，还认为"我们从自然中
学到的知识，远远超出我们能够任意交流的部分"，对后世影响甚大。
而超验主义的另一位主将亨利·大卫·梭罗则更是身体力行，他在爱
默生的影响下深入自然，一个人来到寂静的瓦尔登湖，搭建起小木屋，
把自己的灵魂寄托在湖泊和山林之中。那时，他或在荒野中散步，或
在树林中观察，或在湖畔沉思，悠然地描写自然之美，同时把人与自
然的关系都隐没在那些朴素的文字中。根据《美国遗产》杂志 1985 年
的一项调查显示，在"十本构成美国人性格的书"中，梭罗的《瓦尔
登湖》位居榜首，可见其影响之大。除了《瓦尔登湖》，梭罗还有许多
涉及自然的散文和日记，用淡淡的笔调娓娓倾诉自己的自然情怀，比
如他的长篇散文《秋色》《散步》等便是这方面的杰作。爱默生和梭罗
自不待言，在超验主义阵营中，还有一位中国读者几乎都不知道的女
作家——玛格丽特·富勒（Sarah Margaret Fuller, 1810–1850），她是这
个阵营中的女性佼佼者，在一个寂静的夏天，她摆脱了尘世喧嚣，把
自己的灵魂彻底浸入一湖湛蓝的水中，以优美的笔调写下了一部自然散文

集——《湖上夏日》。而在同时期，大诗人惠特曼亦深受爱默生的影响，除了《草叶集》，他的散文集《典型的日子》体现了自然之灵，尽管这部作品以日记的形式写成，字里行间却让作者那种静静观察、倾听、体验自然的形象跃然纸上。

19世纪的最后20年里，美国自然文学界出现了两位大师——"两个约翰"："鸟之王国中的约翰"——约翰·巴勒斯（John Burroughs, 1837-1921）和"山之王国中的约翰"——约翰·缪尔（John Muir, 1838-1914）。"两个约翰"分别奔走于美国东部和西部，为建立和谐的自然秩序而努力。巴勒斯是博物学家、鸟类学家，生活在东部的卡茨基尔山区，擅长描述鸟类生活，各种鸟儿在他的文字中栩栩如生；缪尔则是地质学家，也是一个永远在路上的行走者，这位"美国国家公园之父"以描写美国西部山区风景见长，山峦与森林在他的笔下熠熠生辉。"两个约翰"著述颇多，成就巨大，产生了深远的影响。稍后的女作家玛丽·奥斯汀（Mary Austin, 1868-1934）则独辟蹊径，她避开自然文学中通常描写的山水，却深入美国西部沙漠，以女性细腻的笔触向人们展示了荒漠之美及其灵性。19世纪至20世纪之交是美国自然文学的一个高峰，许多作家和博物学家纷纷投身于自然文学创作，就连西奥多·罗斯福——老罗斯福总统那样热爱自然的政治家也客串了一把，推出了好几部具有影响的著作。

到了20世纪上半叶，美国自然文学界似乎有些沉沦，这是因为两次世界大战的战火纷飞，让人们更关注社会问题，而无暇顾及自然生态，因而此间自然文学大作相对不多。然而到了20世纪中期，美国出现了两位极有影响的自然文学作家：奥尔多·利奥波德（Aldo Leopold,

1887–1948）与蕾切尔·卡逊（Rachel Carson, 1907–1964）。他们本来与文学无关，但日益严重的自然生态问题赋予他们向公众宣传保护自然的重大责任，才动笔写起书来。奥尔多·利奥波德本来是林业学家、生态学家，长期致力于土地研究，在 1949 年他去世后才出版了代表作《沙乡年鉴》，这部著作的文笔异常优美，富于诗意，向读者完整地传达了自己的土地伦理观，引起各方面的重视，成为美国自然文学史上的里程碑。蕾切尔·卡逊是海洋学家，1962 年出版了《寂静的春天》一书，她在其中以通俗的语言向公众揭示了现代文明进程对生态环境造成的恶果，对近半个世纪的美国人的自然生态观念产生了巨大影响。

从 20 世纪六七十年代到现在，随着自然环保运动的蓬勃发展，自然文学也不断深入、扩展，在美国呈现出百花齐放的繁荣局面，其间景象纷纭、作家众多、作品不断且各具特色：爱德华·艾比的《大漠孤行》、玛洛·摩根的《旷野的声音》、约翰·海恩斯的《星·雪·火》、巴里·佩洛斯的《北极梦》、杰克·贝克隆德的《与熊共度的夏天》……

自然文学几乎均以散文写成，有抒情，也有叙事，语言流畅、精彩，情节引人入胜，适合于大众阅读，这也是它长盛不衰的主要原因之一。此外，它还有一个引人注目的特点，就是其作者也许并非专业作家，大多是博物学家、环境保护主义者，甚至还有政治家，他们写下的文字几乎都是作者亲历记，绝非道听途说或虚构作品，均为可读性和故事性极强的散文，同时又融文学性和科普性、知识性和趣味性为一体，深受读者喜爱。

近十余年来，随着国人对自然的认识渐渐提高，自然环境保护在中国也得到一定的发展和深化，然而国外在这方面远比中国走得早，也走得远，自然及自然文学类作品非常发达，而自然文学虽在国内有一些介绍，但其深度和广度均还不够，仅就美国自然文学而言，目前已经介绍到中国的作品，也是寥寥可数。本丛书的宗旨就是填补这一空白，计划收入那些在中国未曾出版过的，也颇具收藏价值的外国自然文学作品（以自然文学大国美国为重点），突出作品的原创性、故事性、科普性和可读性。它们既是文笔优美的文学作品，也是趣味性极强的科普读物，对于加深中国读者对自然的认识具有莫大的帮助。目前，国民对自然的兴趣方兴未艾，绿色环保和认识自然也作为常识而进入了大、中、小学课堂，不过，多数国民对自然的认识还停留在初级阶段，或者不得要领，还存在着很大的限制性和片面性。因此，阅读自然文学作品就成为帮助其重新认识自然最主要、最有效的方式之一。本丛书恰好能满足广大国民在这方面的需要，可以帮助他们加深对动物、植物、季节及山川风物等自然细节的认识。出版本丛书的主要目的，借用美国自然文学家巴勒斯的一句话就是："我的书不是把读者引向我本人，而是把他们送往自然。"更重要的是，由于本丛书行文流畅，内容有趣，融故事性和科普性于一体，因此适合男女老少阅读。

我们相信，在正处于经济飞速发展，生态问题不断恶化之后又逐渐得到重视和解决的中国，出版本丛书对协调人与自然的关系将具有非常积极的意义。

西奥多·罗斯福总统
致约翰·巴勒斯的一封信

亲爱的约翰:

　　每个热爱野外生活的人都必须对你心怀诚挚的感激。你的作品体现出趣味,或让所有关爱树林和田野生活的人们待在家里,或在舒适的农场乡间,或把他们引向荒野,无论怎样都展示了十足的魅力,这对于我们的人民无疑是一件大好事。

　　你把那些伪自然作家斥为"树林的黄色记者",并予以抨击,在此我要表达衷心的谢意。从伊索时代到列那狐时代,又从列那狐时代到现在，那些自认为创作是虚构文字的人，在文学中都占有一席诱人而独特之地，在他们的笔下，英雄成了具有人类属性或半人类属性的动物。在许多方面，甚至在鼓励人们正确认识野外生活与野外动物方面，这种虚构文字的确大有裨益。但是，任何自然观察者创作虚构文字，然后再将其当成真实的事情来发表，都是不可原谅的。揭露并抨击这种行为的人有资格得到大家的尊重和支持。你亲自举例阐明了热爱自然的人可以怎样做：训练自己进行敏锐的观察，如实描述自己观察到的事物，最后还要拥有一种额外的天赋，那就是给文字增添魅力和趣味。

　　这部著作描写了我们一起结伴旅行的情景，我相信，仔细阅读这些文字会想起我们在一起度过的愉快的日子。

你的朋友，

西奥多·罗斯福

1905年10月2日于白宫

译序

董继平

"我的书不是把读者引向我本人，而是把他们送往自然。"

——约翰·巴勒斯

在长达100多年的美国自然文学史上，高潮迭起，人才辈出，其中最引人注目的就是矗立在美国生态名人堂中的两座丰碑——"两个约翰"："鸟之王国中的约翰"——约翰·巴勒斯（John Burroughs，1837-1921）和"山之王国中的约翰"——约翰·缪尔（John Muir，1838-1914）。这两位自然文学大师不仅深谙自然科学之道，而且在文学方面也颇有造诣。一方面，他们留下的文字为美国自然文学增添了极其生动而又抒情的一笔；另一方面，他们对于自然的科学观点影响了当时和现在的美国自然环保政策。可以这样说，当今美国的自然资源保护得还十分完好，就跟他们当时的观点和建议不无关系。

约翰·巴勒斯，1837年4月3日生于美国纽约州罗克斯贝里，在卡茨基尔山区他父亲开垦的农场上度过了童年时期，因此从小就深受大自然的影响：充满鸟语的森林、飘溢花香的田野、淙淙的溪流、峻峭的山峦以及各种习性奇特的动植物。这些自然要素逐渐成为他生活中的有机部分，尽管他后来从事过多种职业，但他的精神一直沉浸在大自然中，骨子里散发着自然的清新气息。其实，在巴勒斯还是学生的时候，他并不喜欢写作，甚至讨厌写作。可是大约在17岁的时候，他开始阅读英国诗人华兹华斯和美国超验主义作家爱默生的作品；到了20岁，他便迷上了写作，还下定决心要做个作家。1857年，他在写给新婚妻子的一封信中竟这样说："有时我认为，我成不了那种总是适合你的好丈夫。如果我活着，我就要做个作家。我的生活将是学习研究。珍爱这些想法，也许是我的弱点之一，可是我不由自主啊。"

成年后，巴勒斯先后做过教师、记者、银行职员。美国内战期间，他在华盛顿的美国国家财政部任职，工作之余便阅读、写作。此间他阅读了大诗人惠特曼的作品，后来两个人还成了好友，惠特曼鼓励巴勒斯从事自然文学、哲学与文学评论的创作。1871年，巴勒斯把自己在华盛顿任职时利用闲暇写的自然散文结集，以《延龄草》为题出版，中文译本名为《醒来的森林》结果深受读者欢迎，这本书是他的第一部自然文学著作，从此他的自然文学创作便一发不可收拾。1873年，他回到家乡哈得孙河谷的卡茨基尔山区，在那里开辟果园，身体力行种植果树，并继续写作他那些涉及自然的文字，时不时还远足到邻近的山中观察和研究自然。从那时起，他平均每两年就要出版一本新著作。1874年，他在埃索普斯溪畔买下一个小农场，建起了他的"河畔小屋"，悠悠然然地做起了"我们时代的乡村圣人"；1875年，他又与儿子一起在离"河畔小屋"不远的山中盖起了"山间石屋"——"山间石屋"尤为著名，当时就吸引了众多名人到那里做客，其中包括当时的美国总统西奥多·罗斯福、大诗人华尔特·惠特曼、发明家托马斯·爱迪生、汽车大王亨利·福特、小说家西奥多·德莱塞，以及他的同行兼朋友、另一位自然文学作家约翰·缪尔。在后来的岁月里，巴勒斯多半是在这两处贴近自然的乡间小屋中度过的，在那里尽情享受大自然带给他的愉悦。到了1911年，巴勒斯把位于他的出生地附近的一间旧农舍修葺一新，并取名为"花白旱獭之居"，在那里避暑和写作，直到去世。1921年3月29日，巴勒斯在从加利福尼亚返回东部的一列火车上去世。1921年4月3日，即他84岁诞辰的那一天，家人把他埋葬在他童年时常常游玩的一块岩石脚下。后来，人们为纪念他而成立了"约翰·巴勒斯协会"，该协会每年为一部遴选出来的自然著作颁奖。

　　巴勒斯被誉为"美国自然文学之父"是不无道理的。他以自己生活的哈得孙河谷和卡茨基尔山区为中心，长期致力于自然探索，把对大自然的亲身经历和体验都写成了文字，可谓传世之作。他的著述非常丰富，先后出版了25部作品集，除了《延龄草》外，重要的还有《鸟与蜜蜂》《鸟与诗人》《清新的野外》《冬天的日出》《在卡茨基尔山中》等。他的散文题材非常广泛，尤以鸟类观察手记最为著名，除了大量涉及到鸟类生活的文字，他还有描写自然界中其他动植物、季节变化及个人在自然中的游历等诸多方面的作品，以优美的笔触展示出一个博物学家兼散文作家对大自然细致入微的观察和体验。巴勒斯本人不仅是一位探究鸟类的科学家，还是一位颇有成就的诗人，因此他给我们留下的文字十分感性，毫不枯燥，显示出一位散文大师的风范。读他的作品，仿佛在聆听一位经历丰富的白发长者在娓娓讲述自然故事。在更高的层面上，他的作品给我们留下了一个最大的忠告，那就是：热爱自然，体验自然，珍视自然，保护自然。他的作品在美国一次次再版，至今盛行不衰，在读者中产生了很大的影响，销量已逾150万册。作家安·罗纳德在《荒野的诉说》一书中称："就连约翰·缪尔当时的创作成就，也无法与巴勒斯出版的25本书和150万的销量的记录媲美。"巴勒斯成就巨大，美国很多著名人物都深受其作品影响，其中西奥多·罗斯福总统便自称是"读着巴勒斯的书长大的"，而罗斯福当上总统后，更是对巴勒斯必恭必敬，还亲自邀请巴勒斯一起出门远足，到野外露宿扎营。1905年10月2日，身为美国总统的西奥多·罗斯福在白宫的夜灯下给巴勒斯写了一封信，其中第一句就这样盛赞自己一生的崇拜者："每个热爱野外生活的人都必须对你心怀诚挚的感激。"同时，这封信被印在罗斯福本人于1905年出版的《一个美国猎人的野外娱乐》一书的扉页上，这样的评价足以证明他在美国的崇高威望。更重要的是，巴勒斯的作品还对20世纪初的美国环境保护政策产生过重要影响，因此他后来名列美国生态名人堂。另一方面，他的作品可读性极强，不仅适合于成人，而且适合于孩子，被美国的众多学校指定为学生必读的课外读物。他去世后，先后有11所美国学校以他的名字命名。

《鸟的故事》全书共16篇自然散文，长则万余字，短则一两千字，都是从作者多部自然散文集中精选出来的，这些篇什可以说荟萃了巴勒斯描写鸟类生活的文字精华，几乎均为作者本人之亲历，毫无虚构成分，其文笔生动，毫不枯涩，具有较强的情节性、故事性、可读性、科普性，生动有趣的场面比比皆是，每一幕都是一个故事——存在于我们周围自然中的鸟类的悲剧或喜剧。如果没有敏锐的目光，就无法发现这样的细节。巴勒斯的语言及叙述方式可谓妙趣横生，甚至诙谐调侃，难怪他的读者不光是成人，就连孩子也十分着迷。同时，巴勒斯还通过有趣的描写，向读者传授有益的鸟类学知识。

这部《鸟的故事》涉及自然界中鸟类生活的方方面面：鸟类的习性、战争与爱情、求偶、筑巢、鸟蛋、鸣叫……向我们展现了一幅栩栩如生的鸟类图景，我们可以读到千奇百怪的鸟类众生相：有聪明绝顶的鸟儿，其偷窃及窝赃行为之狡黠，让人忍俊不禁；有覆巢后流离失所的鸟儿，让人惋惜不已；有发生在鸟类世界中的暴行，让人愤怒、发指；还有作者本人参与的拯救雏鹰的经历，让人敬佩、叹息。在巴勒斯的笔下，鸟类像人类一样具有情感，也具有智慧，同时也是脆弱的生灵，不是遭到天敌的掠食，就是遭到人类的骚扰，因此他一再不露声色地告诫读者：鸟类是人类的朋友，应该珍惜。

今天，在自然环境保护问题日益突出的中国，介绍巴勒斯的自然文学作品显得很有意义——现代化进程不应该以牺牲大自然为代价。既然西方发达国家都有过这样惨痛的经历，那么当今的中国需要吸取它们的教训，以免重蹈覆辙。我相信，这些质朴而优美的文字有助于中国读者在更深的层面上去重新认识大自然，保护大自然，亲近大自然，融入大自然。

CONTENTS

CONTENTS

第 1 章　锐眼观自然

Sharp Eyes

自然并不是一本神秘的天书，而是一本知识无穷无尽的无形之书，翻开它的书页，就在我们周围的树林、田野、湖泊、沼泽中，等着你去阅读。如果你仔细观察和用心思考，往往就会有意想不到的收获：惊喜地发现自己从课堂上根本学不到的东西，大自然中一些不为人知的细节，以及自然界从未停止过演绎的一幕幕小小的戏剧：家麻雀智慧如人，盗窃邻居的财物并转移赃物，等安全后才偷偷搬回家；三声夜鹰为了保护自己的巢穴而佯装受伤，欺骗人类远离雏鸟；王霸鹟以小搏大，得意洋洋地骑在鹰的肩上……

精明的鸟类窃贼转移赃物

当我注意到眼睛之间相互强化、相互支持，我就常常这样疑惑：如果一个人能不断睁开一只只眼睛，比如说先后睁开十几只眼睛，效果会如何呢？我经常这样疑惑，让自己开心。如果情况是那样，那么他又会看见什么呢？也许看见的不是无形的事物——不是花香，也不是空气中狂热的微生物；不是显微镜中的无限小，也不是望远镜中的无限远。这并不是要求人们需要拥有多少只眼睛，而是要求人们需要拥有一只配备着不同棱镜的眼睛。可是，人类会不会提高自己的能力来看穿景象的自然界限呢？

无论如何，有些人似乎比其他人睁开了更多眼睛，他们以这种力量明察秋毫，他们的视力穿透混沌与朦胧之境，而其他人的视力则犹如虚弱无力的子弹或强弩之末，失去了穿透力。英国博物学家吉尔伯特·怀特（Gilbert White）睁开了多少只眼睛？美国自然作家、诗人亨利·梭罗（Henry Thoreau）睁开了多少只眼睛？美国鸟类学家约翰·詹姆斯·奥杜邦（John James Audubon）又睁开了多少只眼睛？一个视力堪与鹿、驼鹿、狐狸或狼的敏锐机警的感觉媲美的猎人，又睁开了多少只眼睛？他们睁开的并非外在的眼睛，而是内在的眼睛。任何时候，只要我们的观察超越了事物的外形轮廓和普遍特征，我们就都睁开了另一只眼睛——任何时候，我们都掌握了这个面具掩盖着的特别细节和特有标记。科学赋予我们新的视觉力量。

　　无论你什么时候学会区分鸟儿和植物，或一个国家的地理特征，你仿佛就增加了一只更为敏锐的新眼睛。

　　当然，人们不能仅仅去敏锐地观察，还要正确地理解自己所见之物。发生在我们周围的自然生活中的事实，犹如观察者要排列成一行行句子的书面语，否则那文字就会成为密码，如天书般难解，观察者必须配备开启观察目标的钥匙。有一天，我观察到一只雌黄鹂（oriole）在一间小棚屋下面入了迷，马厩的废物就扔在那里，这只黄鹂在家禽中间四处跳动，一旦家禽靠它太近，它便尖声叫起来，叱责那些接近它的家伙。马厩就在那边，黑漆漆的，如同巨大洞穴一般。这只鸟儿在外面没有找到自己所需之物，便大着胆子展开翅膀，贸然飞进了马厩，但不久就被农夫捉住了。我们想知道的是，既然这只鸟儿如此大胆，它究竟需要些什么呢？它需要的是一根马鬃，用来构筑它那位于附近一棵苹果树上的巢穴。它渴望拥有一根马鬃，如果马儿在厩棚里面，它无疑会从马尾上拧下一根马鬃来。后来，在这个季节的晚些时候，我检查了它的巢穴，发现它用几根穿来穿去的长长的马鬃来缝制自己的巢穴，因此那鸟儿坚持不懈地寻找马鬃，不找到便决不罢休。

如果我们的目光足够敏锐，就总会看见一场场小小的戏剧：悲剧和喜剧，一幕幕颇具特征的小小的场景，在鸟儿的生活中不断上演。某个聪明的观察者在一些家麻雀（house sparrow）中间看见了这种小小的喜剧上演，便在报纸上写下了自己的观察记录，那些情节真是美妙得不能再真实了：

一只雄鸟把一片大鹅毛带到自己的巢穴里面，对于家麻雀来说，这片大羽毛可是一大发现，也是早就令它垂涎三尺的东西。当它把自己的战利品存放下来，欣喜地啁啾，表达出自己满足的心情之后，便离开巢穴去寻找它的伴侣了。住在它隔壁的是一只雌鸟，这个邻居瞅准了这个千载难逢的好机会，等那志得意满的邻居一出门，它便迅速地悄悄溜进去，偷走了那片大羽毛——它在这里表现出了鸟儿的智慧：它并没有将那片羽毛搬到自己的巢穴里面，而是衔着它飞到附近的一棵树上，将它藏在枝条分叉处，然后得意洋洋地飞回家去了。当它的雄鸟邻居带着伴侣回家来，那隔壁的雌鸟还装出一副若无其事的样子，忙忙碌碌地干自己的事情。那骄傲的雄鸟发现自己的战利品不见了，便激动不已，一头冲出巢穴，怒气冲冲地谴责着，还冲进隔壁雌鸟的小屋，却没有找到它期望属于自己的东西，便在周围大发了一阵雷霆，对每只鸟儿，尤其是对自己的邻居辱骂了一番，然后就离开了，仿佛是去补救自己的损失。而一当那雄鸟消失在视线之外，那精明的窃贼便溜出门，飞到附近的那棵树上，把它先前隐藏起来的那片大羽毛带回了家，用来覆盖自己的居所里层。

雄蓝鸫四处游荡，等待伴侣到来

令我特别开心的经历是，有一年夏天，我看见一只蓝鸫（bluebird）在一个大镇子树木成荫的街道上抚养自己的雏鸟。有一天，它捕获了一只蝉或秋蝉（harvest fly）之类的昆虫，在地面上擦碰了一阵之后，它就衔着虫子飞到树上，准备喂进雏鸟那张得大大的嘴喙里，但那虫子很大，雌鸟似乎怀疑自己的孩子吞下这么大的虫子的能力，它极度关心地站在一旁，观看着孩子的努力。那雏鸟倒也非常努力，想把那只蝉吞下去，却没有找到有效的方法，于是雌鸟便从孩子嘴里衔走虫子，飞到人行道上，试图继续将虫子彻底弄碎，然后再次飞回去把食物放进孩子的嘴里，好像在说："现在试试吧。"它如此关注着孩子的努力，以至于它自己也跟着孩子重复那些幼稚的动作。可是，那只巨大的蝉十分坚硬，而且同那衔着它的嘴喙相比，似乎荒谬得不成比例。雏鸟不断振翅，尖叫："我卡住了，我卡住了。"于是那雌鸟再次衔住那虫子，飞到一道铁栏杆处，在那里竭尽全力，试图将虫子继续弄碎，第三次喂给雏鸟，可是雏鸟还是没能吞食下去，这次却将虫子弄掉了，但虫子还没掉到地上，雌鸟就飞下去接住了，衔着它飞出了一段距离，飞到一道高高的宽栅栏上面，在那里一动不动地栖息了一阵，同时在考虑将虫子弄碎的方法。此时，雄蓝鸫接近雌蓝鸫，对它明确地说了些什么，我想雄蓝鸫的话相当简略："把虫子交给我。"可是雌蓝鸫很快就愤恨雄蓝鸫的干预，便飞到更远处，栖息在那里，显然快快不乐，十分沮丧，后来我就再没有见到它的身影了。

蓝鸫是一种颇有家庭感的鸟，我总是毫不厌倦地看见它重新归来。当春天来临或重现时，蓝鸫翻开了这个季节前进的新的一页，当人们听见它的音符之后，情况就变得大为不同了。在过去的那个春天，雄蓝鸫先于雌蓝鸫大约一周到来。一只美丽的雄蓝鸫一直在我的土地上和果园里四处游荡，显然是在等待自己的伴侣到来。它每天都要发出颤音鸣叫，仿佛它已经感到雌鸟近在咫尺，在它能听见的范围之内了，而且还可能在匆忙赶路。现在它半愤怒、叱责，然后是巧言哄骗，欢快和安心地鸣啭，接下来则以一种哀伤的、恍惚出神的方式鸣啭。它会半展开翅膀，亲切地闪烁自己的爱羽，仿佛在把自己的伴侣唤到它的心里。一天早晨，雌鸟终于飞来了，可是它却害羞而矜持。那多情的雄蓝鸫飞到一棵老苹果树上的一个节孔，哄着雌蓝鸫飞到自己身边来。我听见一阵美妙的秘密的颤音鸣啭——古老的故事。可是那雌蓝鸫却飞向附近的一棵树，唱出了哀伤的思乡之歌来。雄蓝鸫匆匆飞走，不久便回来了，嘴喙中衔着一些干草或者树皮，重新飞回老苹果树上的洞孔，向雌蓝鸫许诺自己对它坚定不移的爱情，可是雌蓝鸫却加以拒绝，展翅飞走了，消失在远方。雄蓝鸫看见了雌蓝鸫离开，要不然就是听见了雌蓝鸫从远处传来的音符，便匆匆扔下嘴里衔着的材料，以一种足够明白的调子高声鸣叫："请等等，我还有一句话要说。"迅速飞去追赶。它很快就博得了雌鸟的欢心，4月初，这对蓝鸫几番改变主意，最后才在我为它们安置的四五个盒子当中的一个之中安了家。一旦第一窝雏鸟长大，在父母的照料下飞翔，这对鸟儿就开始在另一个盒子里面筑巢，雌蓝鸫一如既往地干所有工作，而雄蓝鸫则一直恭维、赞美。

　　偶尔引起那雌蓝鸫极度不安的根源，就是有时伴随我左右的那只白猫。我从来没有发现那只猫捕捉过鸟，可是它观察鸟儿时所表现出来的方式，却令鸟儿非常窘迫。无论那只白猫什么时候出现，雌蓝鸫都会发出那种令人同情的、音调优美的悲叹。一天早晨，那只猫站在我身边，雌蓝鸫嘴喙里衔着筑巢的材料飞来，歇落在我上面的树枝上，以便在进入巢穴之前俯瞰这个地方。当它一看见那只猫，便受到极大的惊扰，焦虑不安，无法牢牢衔住自己好不容易找到的材料，那些稻草一根接一根飘落了下来，最后只剩下不到一半。那只猫离开后，雌蓝鸫的惊慌渐渐平息下来，很快它便迅速飞向盒子，仓促地把稻草扔到里面，还没来得及像往常一样去整理这些材料，就显然如释重负地飞走了。

雏鸟从巢穴起飞，投入大自然的怀抱

一对金翅啄木鸟（golden-winged woodpecker）在仅仅几米开外的一棵苹果树的空腔里面筑巢，这个位置比它们通常离我们的房子要近得多。这对鸟儿就像松鼠干的那样，扩大了通往树木的腐朽内部的节孔，把树木内部的活木质切凿得一干二净。我看不见巢穴内部的准备情况，可是日复一日，每当我接近那里，我都听见那对鸟儿在敲击，显然是在切凿那些障碍物，修整和扩大树腔。木屑没有搬出来，而是用来作为铺垫巢穴底部的材料了。这对啄木鸟并非筑巢者，而是凿巢者。

很快，我就听见了这棵老树的内部传来了雏鸟的叫声，起初很微弱，渐渐就大了起来，后来站在很远之外都能听见那些声音了。当我把手放在树干上，它们就会发出一阵渴望的、期待的啁啾；但如果我朝那个洞口爬上去，它们很快就发现了我的声音不同寻常，便迅速安静下来，偶尔才发出一种警告的调子。在它们的羽毛还未完全丰满之前，它们便迫不及待地爬到洞口上来，接受父母衔来的食物。由于每次只能有一只雏鸟站到洞口来，雏鸟们便争先恐后，相互推挤，试图捷足先登这个有利位置——这里的有利条件令小鸟们垂涎欲滴，不仅可以获得食物，而且还可以面对着外面那闪耀的辽阔世界，雏鸟们一直观望着，似乎从来就乐此不疲。清新的空气肯定也是雏鸟们争夺这个位置的原因之一，因为金翅啄木鸟居所的内部条件并不那么舒服。当亲鸟衔着食物飞来，站在洞口的雏鸟并没有接受亲鸟衔来的全部食物，在接受了一部分食物之后，它会让位给后面的兄弟姐妹，这要么是它自己的想法，要么是得到了亲鸟的暗示。尽管如此，在成长生活中，有一只雏鸟显然超过了它的兄弟姐妹，比它们早成熟两三天，这只雏鸟的声音最大，头颅也最频繁地出现在洞口。可是我注意到，如果它占据那个位置太久，它的兄弟姐妹显然就会在它身后推挤，弄得它不舒服，在"坐立不安"了一阵之后，它会被迫"退居二线"。我担心它的兄弟姐妹很少在那个瞭望台上度过舒适的时刻。它们会闭上眼睛，滑回到树腔中，仿佛世界对它们突然完全失去了魅力。

　　这只雏鸟当然最先离开巢穴。在离开巢穴的前两天，它用大部分时间占据着洞口，不停地发出它那响亮的声音。亲鸟几乎完全放弃了给它喂食，无疑是在鼓励它脱离巢穴。一天下午，我伫立着观望并记录这只雏鸟准备离巢的过程，它突然下定了决心，毫不含糊，无疑得到了它身后的兄弟姐妹的大力支持，展开它那从未试验过的翅膀跃入空中。第一次热身，亲鸟陪伴着它，照料它，带它一路上山，大约飞出了45米。过了一天，第二只雏鸟开始飞翔，接下来是第三只、第四只，以完全相同的方式一一离开了巢穴，最后只剩下一只雏鸟还留在巢里，亲鸟停止去看望它，一整天它都在不停地鸣叫，吵得我的耳朵都厌倦了。在所有雏鸟中，它的心灵最弱，这时，它的身后再也没有鼓励它的兄弟姐妹了，于是它便离开巢穴，却依然依附在碗形树木的外部，大声尖叫了一小时，然后初试翅膀，最后它也像自己的兄弟姐妹们一样飞走了，离开了巢穴。

小猫看见这鸟儿把嘴喙转向自己，唯恐避之不及

在纽约州西部，一个年轻农夫观察的目光十分敏锐，具有很强的识别能力，他把自己曾经观察到的一只温驯的金翅啄木鸟记录下来，那些情节十分有趣。

他说："你注意到了吗？金翅啄木鸟从来不吃自己不能用舌头拾起来的东西！这至少是我从巢穴中取来并驯化的那只雏鸟表现出来的情况。它可以将舌头伸出来六七厘米，看见它从我手里努力吃黑醋栗，就非常有趣。它会伸出舌头来，试图用舌头粘住黑醋栗，但时常徒劳无功，于是它便会把舌头弯曲起来，卷住黑醋栗，其形如钩子，试图凭借突然一拉把食物弄进嘴里。可是它从未成功过，那圆圆的果实每次都会滚动、溜走。它不停地使用舌头来探明自己看见的所有东西的本质。木板上的钉子孔，或者任何相似的孔，它都仔细地探索过。如果把它贴近你的面庞，它很快就会被你的眼睛吸引，对着你的眼睛伸出舌头。它以这种方式赢得了房子周围一些半大的猫的尊敬，我希望让这鸟儿与那些小猫相互熟悉，减少猫把它咬死的危险。我常常把这鸟儿和小猫一起放在我的膝盖上，这鸟儿很快就注意到小猫的眼睛，它抬起自己的嘴喙瞄准，仔细得就像神枪手举枪瞄准一样，它会这样保持一分钟，然后把舌头迅速伸进猫眼。小猫们一直感到很神秘：自己的

眼睛遭到它们看不见的东西打击。如此一来，这些小猫很快就害怕这鸟儿了，只要一看见它的嘴喙转向自己这边，便纷纷避之不及。即使把蚱蜢塞进这鸟儿的喉咙里，它也从不会吃掉，而是抖动身子，把那蚱蜢从它的嘴里扔出来——它的'最佳食物'是蚂蚁。它从不对任何东西感到惊讶，也从来不害怕什么。它会驱赶雄火鸡和公鸡，尽可能抬高一只翅膀，径直迎向它们，仿佛是要用翅膀来进行打击，在地面上慢吞吞地走向它们，还不停地发出刺耳的声音来叱责对方。起初，我害怕火鸡或公鸡可能杀死它，可是我很快就发现它能够照顾自己。我常常翻开石头，挖掘蚁冢，为它找些蚂蚁作为食物，它会舔食蚂蚁，动作如此迅速，看起来好像是一条蚂蚁的溪流不停地流进它的嘴里。我把它养到秋末时，它就飞走了，很可能飞到南方去了，我再也没有见过它的身影。"

　　我的通讯员还给我发来了一些对布谷鸟（cuckoo）的观察记录，也非常有趣。他说，在离他的房子不远处的一片开阔地中央，伫立着一大片醋栗丛，连接着一道老树篱。连续两个季节，一对布谷鸟占据了这丛醋栗，在中断了一年后，它们又重新占据了两个季节，这就让他有了绝好的机会来观察这对布谷鸟。他说，雌鸟只产下了一枚蛋，在产下第二枚蛋之前，它好几天都栖息在第一枚蛋上面孵化，因此我的通讯员看见一只雏鸟几乎已经长大，而另一只才刚刚孵化出壳，因此巢穴中始终只有一枚蛋。"迄今据我观察，这是习惯性的固定行为——一次只有一只雏鸟离开巢穴，先后共有六只或八只雏鸟以这种方式离巢飞走了。在许多方面，布谷鸟的雏鸟的外貌很像鸽子的雏鸟，当它们几乎长大的时候，身体上便覆盖着长长的蓝色毛羽，长得像补缀用针一样，没有一片大羽。这些毛羽在背上分开，因为自身的重量而悬垂在两边。由于它那古怪的羽毛和奇形怪状的身体，除了不能称布谷鸟的雏鸟英俊之外，你可以随意叫它。当有人接近时，它们也像许多雏鸟那样从来不张开嘴巴，而是一声不响地栖息着，当你触摸它们时，它们也几乎一动不动。"他还记录了有人接近布谷鸟的巢穴和雏鸟时，那雌鸟表现出来的那种不自然的冷漠，它一声不吭，悄悄栖息在附近的枝头上，显然完全处于一种冷漠状态。

这些观察与我在其他鸟儿的巢穴中偶尔发现的布谷鸟蛋的事实一起让我怀疑，我们的布谷鸟究竟是否慢慢故态复萌，回归到欧洲布谷鸟的习性——欧洲布谷鸟总是把自己的蛋偷偷强加给其他鸟儿。另一方面，它没有改正这方面的行为。一种情形下，要消除和遗忘的东西很少；而在另一种情形下，则取得了巨大进展。它那未得到充分发展的巢穴，仅仅是一个由粗糙的细枝和野草的枯茎编织而成的平台，与金翅雀和王霸鹟（kingbird）那紧凑的、造型精美的巢穴相去甚远，这些鸟儿对自己雏鸟的冷漠与关怀有天壤之别啊！比起常规筑巢的鸟来，它那不规则的下蛋方式也似乎更适合于一种寄生虫似的鸟，比如我们的牛鹂（cowbird），或者欧洲布谷鸟。

王霸鹞得意洋洋地骑在飞翔的鹰的肩头上

同其他目光锐利的人一样，这个观察者在自己的工作中看见了许多有趣的事物。有一天，他看见一只白色的燕子，这种情况很少出现。他看见一只鸟，当时他还以为是一只雀鹞，那只鸟儿在一匹马的身侧飞翔，嘴喙里衔着刚从那匹马松弛的皮上扯下来的马毛。他看见一只伯劳（shrike）追逐一只山雀（chickadee），而山雀则逃到一棵树上的小洞孔中躲避，逃脱了敌人的追逐。初春的一天，他看见两只苍鹰（hen-hawk）在高空中尖叫、盘旋，接近对方，都伸出一只利爪，相互紧抓在一起，拍动翅膀，挣扎着坠向大地，仿佛被系在一起，在接近地面之际，它们却又分开，再次高高飞了起来。他认为，那不是战争的打斗，而是爱情的纠缠，他还认为那两只苍鹰在多情地抚弄对方。

他进一步叙述，他在一个厩棚的上层部分发现了一只蜂鸟（hummingbird），那蜂鸟的嘴喙牢牢卡在一块大木材的裂缝之中，当然，那只蜂鸟已经死了，可是双翅还伸展着，干枯得犹如木屑。那只蜂鸟死去的样子跟它活着时一模一样，似乎还在飞翔，它最后的动作确实是对它活着时展翅翱翔的惊人定格。想象这敏捷的、忽闪的小精灵，它的一生都在探索花朵底部的蜜，最后把自己的嘴喙插入一个干草棚上那愉快的干燥木材的裂缝，伸展着翅膀，就那样结束了自己的生命。

当空气潮湿而沉重的时候，燕子（swallow）们频频出击，到田野上移动的牛群和其他家畜群周围去捕捉昆虫。据这位农夫观察者描述，在一个大雾弥漫的日子，他用一台割草机在草地上割草，那些燕子何等注意着他。那时，只要大雾弥漫两天，燕子们便饥饿不堪，昆虫们则麻木、迟缓。而燕子们一旦听见他的割草机发出的声音，便迫不及待地出现了，像一窝饥饿的鸡陪伴在他周围。他说在"切割棒"上面，还有在那割草机引起草丛颤抖和倒下之处，那些燕子的紫色翅膀不停地急速拍动，寻找着机器翻出来的虫子。没有他的帮助，这些燕子无疑会继续忍饥挨饿。

关于苍鹰，他观察过雄苍鹰和雌苍鹰同时参与孵化的情形。他说："有一次，我看见它们在巢穴上多么迅速地交换相互的位置，那种天衣无缝的配合令我相当惊讶。那苍鹰的巢穴位于一棵高高的山毛榉树上，树叶尚未完全长出来，在巢穴的边沿，我能看见那栖息的苍鹰的头颅和脖子，同时我还看见另一只苍鹰穿过空气全速飞临而下，我期待它会歇落在附近，可是它并没有歇落在附近的枝头上，而是直接飞临到巢穴上，几乎就在同时，它的伴侣从巢穴里起飞，给到来的那只苍鹰让路，及时避开了相撞的危险，这几乎就像是那飞来的雄鹰把栖息的雌鹰推到了巢穴之外。我几乎没能明白，它们怎么能在巢穴上面如此迅速地行动，让自己的蛋免遭撞破的危险！"

王霸鹟害怕鹰，就像小狗害怕熊一样。正是通过它的韧劲和大胆，而不是通过伤害，它才能够应付它的大敌。一般来说，王霸鹟很少像狗一样对付鹰，无法在鹰的上面及双翼之间制造出许多纷扰和麻烦。可是我的通讯员却说，他曾经"看见一只王霸鹟骑在一只鹰的背上，那只鹰尽可能快速飞翔，而王霸鹟则得意洋洋地骑在它的肩头上，直到它们消失在视线之外"——王霸鹟无疑是紧抓着鹰的羽毛，可能还威胁下一步就要剥下鹰的头皮。

王霸鹟的近亲——大冠蝇霸鹟（great crested flycatcher）有个著名的怪癖，它似乎从来就是这样：直到自己的巢穴里面出现了一块蜕下的蛇皮，它才认真考虑完成自己的巢穴。有一天，我的那位机警的通讯员看见大冠蝇霸鹟热切地抓起一块洋葱皮匆匆飞走了，它要么是被洋葱皮欺骗了，要么就是认为那洋葱皮是令它垂涎的筑巢材料的绝好替代品。

三声夜鹰试图把我骗走，掉在地上假装抽搐

5月的一个早晨，我在林中散步，偶然遇见一只三声夜鹰（whippoorwill）的巢穴，更确切地说，是遇见了它的蛋——它并没有筑巢，仅有两枚蛋搁放在枯叶上面，它的蛋为淡白色，还略带斑点。我的脚离那只雌鸟不到一米，它便匆匆飞走。令我疑惑的是，一个敏锐的人可能会发现鸟儿那种古怪而特有的方式，于是我多次来到那个地方观察。尽管我站在离那雌鸟一两米之内的地方，但要把它从它所处的环境中辨别出来，并且准确地确定自己要往哪里观察，却是十分困难的。你不得不用你的眼睛瞄准，拒绝受到其他迷惑——枯枝和树叶，点点黑色或暗棕色的树皮，

与三声夜鹰的羽衣完全融为一体。然后，它栖息得多么近，让自己如此天衣无缝地模仿成一块不成形的腐烂的木头或树皮！我曾经两次把一个同伴带到那里，把他的目光引向那个地点，但他要辨别出那个地方多么困难啊，他睁大眼睛，在枯叶上扫视，也难以辨别出一只鸟儿的所有外表。当那鸟儿受到惊扰之后归来，它会歇落在离它的蛋仅十来厘米之内，然后停顿片刻，笨拙地蹒跚着走到自己的蛋上面栖息。

雏鸟出生后，这鸟儿把自己的所有智慧发挥了出来。第二天在现场，当我离那只雌鸟仅一步之遥，它便飞跃而起，飞跃之际用翅膀扇动树叶，直到树叶也飞跃起来。在树叶惊起之际，雏鸟也惊起，由于颜色一致，任何人都很难辨别出翻飞起来的哪片是树叶，哪个是雏鸟。我第三天再来，那鸟儿采取了同样的策略。一片树叶掉在一只雏鸟身上，几乎将它完全遮盖了起来。那两只雏鸟犹如鹧鸪的雏鸟，覆盖着一层微红色绒毛，很快就跟随母亲四处活动。当受到惊扰，它们会跳跃一下，然后安静下来，完全不动，闭着眼睛。在这种场合下，那亲鸟做出疯狂的努力，试图把我从它自己的雏鸟那里骗走：它会飞出几步，匍匐地掉在地面上，抽搐着，犹如死了一样，有时还会振颤着它那伸挺的翅膀和俯卧的身体，同时它会敏锐地观察自己的诡计是否得逞，如果没有得逞，它就迅速恢复过来，在附近移往别处，试图一如既往地吸引我的注意力。当我跟随它，它就总是歇落在地面上，以一种骤然的特殊方式坠落下来。在接下来的第二天或第三天，那只成年雌鸟便带着自己的雏鸟消失得无影无踪了。

三声夜鹰的走动像燕子一样，笨拙得犹如被装在袋子里面的人，然而，它设法引导自己的雏鸟在树林周围行走。我认为，三声夜鹰的雏鸟是靠跳跃和突然冲刺向前移动的，它们的保护色最有效地屏蔽它们。美国鸟类学家威尔逊（Wilson）曾经在林中偶然遇见了一只三声夜鹰雌鸟及其一窝雏鸟，尽管这些鸟儿都处于他的脚畔，但他却被雏鸟的隐藏技艺迷惑了，致使他沮丧不已，正要放弃这场搜寻时，他感觉到有什么东西"如同枯叶间的一种轻微的霉菌，而弯下腰去，发现它竟然是一只表面上在熟睡的三声夜鹰的雏鸟"。威尔逊的描述非常精确，因为它浑身的绒毛看起来恰好就像一种"轻微的霉菌"。威尔逊匆匆离开那里，去取他忘记了随身携带的铅笔，准备对那鸟儿进行速写，尽管他很快回到那个地点，可是他再也没能找到那雌鸟和雏鸟。

敏锐的目光只需瞟一眼，就能辨别目标

一只鹧鸪（partridge）一动不动栖息在林中的树叶上，要看见这一幕需要敏锐的目光，那种敏锐得犹如猎犬和指示犬的嗅觉那样的目光。然而，我认识一个不修边幅的年轻人，他在鹌鹑起飞之前就看见它，并开枪将其射杀，几乎从未失手。我想，他在看见那鸟儿的同时，那鸟儿也看见了他，而且它还以为自己没被他发现。这对于寻猎的眼睛是多好的训练啊！把猎物从它的周

边环境中找出来，把松鸡（grouse）从树叶中找出来，把灰松鼠（gray squirrel）从它紧紧依附的覆盖着青苔的橡树枝上找出来，把红狐从微红色或褐色，或灰色的田野上找出来，把兔子从残茬丛中找出来，或者把白色野兔（hare）从雪地里找出来，都需要驾驭那种场景的最佳能力。一只花白旱獭（woodchuck）在田野上或岩石上纹丝不动，看起来很像是一块大石头或大圆石，然而，敏锐的目光从四五百米之外只需瞟上一眼，就能把它给辨别出来。

人比狗、狐狸或者任何其他野生动物的目光都要敏锐，可是耳朵和鼻子却不那么灵敏。但是在鸟儿当中，人却找到了可以跟自己媲美的对手。尽管鹰还仅仅是天空上的一个小点，老火鸡（turkey）就已经迅速地发现了它的来临，而如果你碰巧躲藏在灌木丛中，或者躲藏在它歇落的栅栏后面，那只鹰也会非常迅速地发现你！鸟儿当然拥有一大优势，那就是由于其眼睛的形态、结构和位置，它的视野更开阔，确实很有可能几乎同时观察到四面八方的情况，既可以看见前面，也可以看见后面。人类的视野则只能水平地观察，范围不及半个圆圈，而且很少能垂直地观察，如果人不移动头颅，其眉毛和大脑就阻止了他的视野；另一方面，鸟儿只需一瞥，就能对几乎整个范围内的情况一目了然。

我发现自己几乎没费什么力气，就在我路过的田野上和树林中看见了每只鸟儿，它们在我的视野中（看见翅膀的飞掠、尾巴的摆动就足够了，尽管忽闪的树叶合谋起来隐藏它们），就像鸟儿们看见我一样，虽然它们的观察机会无疑比我要多得多。真的，眼睛看见那它认为具有观察意义的东西：你在灌木丛中发现鸟儿之前，必须把它们装在心中。眼睛必须要有意图和目标，如果脑海中没有过山蕨（walking fern），那么就不会发现山蕨。一个眼里充满印第安人遗物的人，会在他走过的每片田野上到处发现那些遗物。

有一个季节，我对雨蛙（hyla）很感兴趣，尤其是人们在树林周围和灌木丛生的田野上听见的那些小小风笛手——沼泽中的雨蛙变成了树栖居民，我以前从未见过它扮演这种角色。可是在这个季节里，我的脑海里装着雨蛙，更确切地说，是对它们更有经验了，我就多次遇见它们。一个星期天，当我在一些灌木丛中行走时，我就捕捉到了两只，它们在我面前跳跃，无疑它们以前也多次这样跳跃，可是这次，尽管我并没有寻找它们或想着它们，却把它们迅速地辨认了出来，因为我的眼睛被委以去发现它们的重任。不久以后，我又发现了雨蛙的踪影，我在10月的树林中匆匆给我的猎枪上膛，希望能追上一只穿过树端迅速逃窜的灰松鼠，就在那时，一只这样的微小雨蛙从树上掉了下来，它的颜色跟迅速发黄的树叶差不多，它就在我附近跳动。我仅仅用眼角一瞥就发现了它，然而在我心里，我早就把它装进袋子里面了，因为我已经把它视为己有。

朱顶雀一路南下，风尘仆仆来到这里

然而，观察的习惯就是清晰、判断准确地凝视的习惯。不是通过不经意的第一眼，而是通过把眼睛稳定而深思熟虑地凝聚在目标上，才可能发现那些罕见而特有的事物。你必须专注地注视，把你的目光紧紧保持在那个地点上，那么你看见的就比一大群人看见的东西还要多。神枪手挑选出自己的目标，并以致命的准确了解他，就像了解一根树桩、一块岩石或一根柱子上的帽子一样。颅相学者熟练地找准位置，不仅是眼睛区域内的形态、颜色和重量，而且还有一种他们称为个性的能力——那分开、区别和看见每个物体的基本特征。对于博物学家来说这是非常必需的，就像对画家或诗人一样不可或缺。敏锐的目光注意特殊的点和差别——它对事物的个性穷追不舍，并将其保留下来。人们频频对我描述某种他们所见过或听过的鸟儿，要我给它命名，可是在大多数情况下，那种鸟儿可能是很多种鸟儿当中的一种，要不然就完全不像我们这个大陆上发现的任何鸟儿。他们要么是看错了，要么是看得模模糊糊。

冬季的一天，一个农场青年给我写信，说他看见了一对陌生的鸟儿，他这样描述："它们的身体大小与褐斑翅雀鹀（chipping sparrow）大致相仿，头顶是红色的，雄鸟的胸脯也是红色的，雌鸟的胸脯颜色则要淡得多，它们的尾部也微微沾染着些许红色。要是我描述它们，你就可能了解它们了，请你把它们的名字告诉我吧。毋庸置疑，这年轻的观察者看见了一对朱顶雀（redpoll）——一种与金翅雀有密切关系的鸟儿，它在冬天偶尔从远远的大北方一路南下，风尘仆仆来到我们这里。还有一次，这同一个青年写信给我，说他看见了一只陌生的鸟儿，它具有雀鹀的颜色，常常歇落在栅栏、建筑物和地面上，而且还能行走。最后的这个事实大大提高了这个青年的目光的识别能力。我知道那是一种云雀（lark），从尺寸、色彩、季节等各方面来看，它应该是一只鹨（titlark），可是又有多少人能观察到那种鸟儿是行走，而不是跳动呢？但是这个青年却通过细致入微的观察发现了这一特征，从而有助于确定鸟儿的身份。

我的一些生活在乡间的朋友，试图对我描述一种鸟儿，这种鸟儿在离房子一两米范围之内的树上筑巢。由于它是一种棕色的鸟儿，于是我认为它是棕林鸫（wood thrush），他们这样描述那种鸟儿的巢穴：构筑得如此稀疏，从下面都能清楚地看见里面的一枚枚鸟蛋。描述中最显著的特征，就是那鸟儿的尾巴下侧具有栅条般的外观，但这让我相当茫然，无法断定其身份。直到有一天，当我和朋友们一起开车出去，一只布谷鸟飞掠我们前面的道路，我的朋友们惊叹起来："就是那种鸟！"我从不了解布谷鸟在房子附近筑巢，也从未注意到从下面观看时它的尾巴所显示的外观。但如果以其最显著的特征来描述这种鸟儿，把它描述成纤细，有长长的尾巴，上面是略红的棕色，下面是白色的，嘴喙弯曲，任何认识这种鸟儿的人都能把它辨认出来。

乌鸦想探明唾手可得的食物是不是骗局

我们认为，我们敏锐地注视一件东西，直到有人向我们问及它的特征。我想我确知郁金香属植物的叶片形状，直到有一天，一位女士要我画出一片这种叶子来，我才觉得自己有些窘迫。一个敏锐的观察者只要迅速接收到一点点暗示，就不断追踪。自然的大部分事实，特别是鸟类和动物们的生活，都被充分隐藏了起来。我们之所以没有看见这一幕，是因为我们观察得还不够专注。

几天前，我和一个朋友坐在树林中一块高高的岩石上，那个地点靠近一条小溪，我们看见一条水蛇（water snake）越过水塘游向对岸。大家可能没有注意到其他什么，但可能都会注意到它。当它游得更近一点儿，我们就仔细观察，发现那条水蛇嘴里衔着什么东西，我们走下去观察，结果看见水蛇嘴里衔着的是一条十来厘米长的小鲶鱼（catfish）。那条水蛇像其他捕鱼者一样，在水塘中捕获了这条小鱼，尽管这水蛇本身多半生活在水里，但它却想把自己的猎物拖到岸上去。于是我们就说，这里正上演着一场唯有敏锐的眼睛才能看见的小小悲剧。那条水蛇本身很小，但它紧紧咬住那条鱼的喉咙，这样就显示出了自己的优势来，韧劲十足地咬住自己的猎物。水蛇知道，它所采取的最佳策略，就是尽可能迅速地把自己的猎物拖到干燥的陆地上去，因为它既不能把猎物活生生吞下去，也不能让它在水里断气。片刻，它试图将猎物拖出水面予以杀戮，可是那条鱼变得沉重起来，每隔不久都要挣扎，把蛇头拖入水中。这可不行，在这样的环境下，咬紧那条鱼的喉咙并不会让鱼断气，因此那老谋深算的水蛇就试图把猎物弄到岸上去，几番尝试之后，它终于在一块扁平的岩石上成功登陆。可是那条鲶鱼却怎么也不肯就范，并没有就这样放弃自己的一线生机，它的喉咙正在充血，可是水蛇那扩张的双腭肯定也感觉疼痛，表现出一副好像是僵化了的打呵欠的样子来。然后，我们非常好奇，更加专注地观察着，而那条蛇决定在我们的睽睽注视之下撤退，可还是抱定了不松口的态度。但是，当我的朋友用拐杖轻轻然而坚定地敲击它表示抗议时，那个家伙不得不扔掉到嘴的鱼，极度愤怒地溜到溪床上的一块石头下面。那条喉咙肿胀而疼痛的鱼也趁机逃之夭夭。

我要说的是，鸟儿具有敏锐得惊人的目光。冬天，如果把一根新鲜骨头或一块肉扔在雪地上，你就可以看见乌鸦（crow）多么迅速地发现这些食物，并据为己有。如果是在靠近房子或厩棚的地方，那么最初发现食物的那只乌鸦会歇落到食物附近，探查自己是否受到了欺骗，这唾手可得的食物究竟是不是骗局，然后它再次飞走，但很快带着一个同伴飞回来，两只乌鸦都歇落在离骨头仅有几米远的地方，对周边环境进行一番仔细观察之后，其中的一只便大胆地走到离那令其觊觎的战利品仅一两米之内的地方，在那里停下来，如果它认定这确实不是诡计，肉也确实是肉，它就会攫住食物匆匆离开。

有一年隆冬，我清扫掉房子附近的一棵苹果树下的积雪，把玉米撒在那里。好几个星期我都没有看见一只冠蓝鸦（blue jay）了，然而就在那一天，一只冠蓝鸦发现了我撒下的玉米，那之后，好些冠蓝鸦每天都要飞来分享这些食物，用爪子抓着玉米粒飞上树枝，兴致勃勃地啄食起来。

当然，啄木鸟（woodpecker）及其同类也拥有锐利的目光。绒啄木鸟（downy woodpecker）多么迅速就找到了我用来喂鸡的骨头，我将那些骨头捣碎，放在棚子下面的一个方便之处，看见这一幕令我非常惊讶。走向外面的厕棚时，我常常打扰它，它不得不飞了起来，嘴里还衔着一小块肉。

松鸦轮流嘲弄缩成一团的猫头鹰

有一天，一个诗人对我说："对任何东西足以专注地观察，你就会看见某种在其他方面逃离了你的视线的东西。"一个春日，我坐在林中空旷地的一截树桩上，我想起了这一评论。我看见一只小鹰临近，飞向一棵高高的郁金香属植物，歇落在靠近树端的一根大枝条上。它看着我，我也看着它，然后那鸟儿表露出一种我以前根本不了解的新特征：它沿着粗枝朝树干附近的一个树腔跳去，把头颅探进去，把某个小物体拉了出来，然后开始享用起来。它享用了几分钟后，便把剩余的食物藏了起来，扬长而去了。当那只鹰进食的时候，我看见羽毛般的东西四散飘下，接近那个地点一看，才发现那是一只雀鸦的羽毛，到处散落并粘附在树下的灌木丛上。那只鹰通常被称为苍鹰，它像耗子或者松鼠一样颇有远见，把剩余的食物贮存起来，以供日后之需。可是，要不是我仔细观察，我就不可能发现这个事实。

鸟类中间任何不同寻常的声音或骚动，都会吸引鸟类观察者的注意力。在5月或者6月，当其他鸟儿都在歌唱的时候，松鸦（jay）却沉默了，它在果园和树丛四周偷偷潜行，沉默得就像扒手。它在洗劫鸟巢，也非常焦虑，这一点无须多言，可是在秋天，没有哪种鸟儿能像它那样高声而迅速地鸣叫"窃贼、窃贼"的了。

有一年12月的一天早晨，一群松鸦发现了一只小长耳鸮（screech owl）躲藏在我房子附近的一棵老苹果树的空洞的树干中。它们是怎样发现这猫头鹰（owl）的，仍是一个谜，因为长耳鸮从不在光天化日之下出来冒险，可是松鸦却出来冒险了，并以非常强调的调子向众鸟宣布这一事实。我怀疑最初是蓝鸲告诉松鸦的，因为在春天和秋天两季，蓝鸲都坚持不懈地窥视洞孔和裂缝。事情可能是这样的：一些毫不怀疑的蓝鸲很可能不小心钻进了那树腔，为自己来年的巢做探查工作，要不然很可能是寻找一个地方来度过寒夜，于是就带着一条重要消息冲了出来：一只蓝鸲发现自己进入了居住着猫头鹰的腐朽之树的空腔，便大声报警，这无异于熊正在家里时，一个男孩无意间闯了进来，当然令男孩震惊不已！无论如何，蓝鸲们与松鸦汇合之后，发出了鸣叫来警告所有鸟儿要当心这样一个事实：一个罪犯正躲避日光，潜伏在一棵老苹果树的空腔中。我听见了那种含有警告的惊慌的调子，便接近那里。蓝鸲们小心翼翼地四处盘旋，发出它们那种特别的鸣啭声，可是松鸦更为大胆，轮流朝那树腔里面观望，嘲弄着那缩成一团的可怜的猫头鹰。一只松鸦可能还歇落在那个洞孔入口处，摆动着，窥视着，装腔作势，然后声嘶力竭地鸣叫着"窃贼、窃贼、窃贼"飞走了。

我爬上树去，朝那洞孔里面窥视，却只能看见那猫头鹰紧紧依附在树的内侧。我几乎没考虑它的嘴喙猛啄的威胁，一伸手便把它抓了出来。它的羽毛颜色像狐狸一样是红色的，眼睛则像猫一样发黄。它并没有试图挣扎逃跑，而是用爪子紧紧抓着我的食指，那种抓攫力很快就让我感到不舒服了。我把它放在外屋的阁楼上，希望能更好地熟悉它。白天，它是个老老实实的囚徒，甚至在接近或用手触摸它时，它也几乎一动不动，仅仅用它那半闭的、困乏的眼睛看着外面的世界。可是一到夜里，它简直就像变了似的，多么机警，多么野性，多么活跃！它完全变了个样子，成了另一种鸟儿：它大睁着那令人恐惧的眼睛疾奔，像一只被逼到绝路的猫那样对待我。我一打开窗户，它便像一个沉默的影子迅疾地飞了出去，飞进那令它感到再舒适不过的黑暗之中，它也许还前去报复了那最初泄露自己的藏身之所的松鸦或蓝鸫，说不定那些家伙还在酣睡，正做着美梦呢！

第 2 章　　鸟类趣谈录

A Bird Medley

爱鸟的人，即使到了陌生的地方，只要听见鸟儿的鸣啭，就不会再感到孤独。鸟儿的歌声让人倍感亲切，让人想起童年的情景，怀念故乡的山冈、草地、树林。每年春天，候鸟从南方成群结队地归来，点缀在田野上，用自己的歌声愉悦人们的心灵：轻巧活泼的知更鸟，漫天而来的旅鸽……而每年冬天，也有些鸟儿并不迁徙，尽管艰难度日，但它们却不畏严寒，勇敢地面对凛冽的寒冬：出没于树林中的啄木鸟，在封冻的河面上展开迅疾的翅膀飞翔的雪鹀……

知更鸟时时偷吃我种植的樱桃

没有跟鸟儿交上朋友的人，不知道错过了多少美妙的东西。尤其是对于一个居住在乡间的人来说，他对自己的故乡有强烈的依恋，转变了观察观念，与鸟儿熟识起来，形成了一种宝贵的亲密关系。我唯有一次理解了英国历史学家、散文学家托马斯·卡莱尔（Thomas Carlyle）的深刻含义，我记得他把这个主题叙述得非常恰当，他叙述自己早年被派到一个遥远的镇子上去办事，这件差事让他烦恼不安，归程中，孤独而沮丧的他突然听见了云雀在他四面八方歌唱，那些可爱的小精灵翱翔着、歌唱着，就像在他父亲的土地上那样歌唱，这给了他莫大的慰藉，让他的精神令人惊讶地振作了起来。

大多数爱鸟者，无疑都能从自己的生活中追忆到相似的经历。对于我，只有鸟儿能使我习惯新的地方。例如，我到乡间去，住进我的乡间住宅，让自己深植于陌生的土地上，我不认识别人，别人也不认识我，道路、田野、山冈、溪流、树林，都完全陌生，我渴望拜访这些自然地形，可是它们却不熟悉我的脚步，对我的那种渴望的凝视并没有什么回报。但是在那里的每一片土地上，都有我熟悉已久的鸟儿，以前就熟悉的鸟儿，我在青少年时期就熟悉了的鸟儿——知更鸟（robin）、雀鹀、燕子、刺歌雀（bobolink）、乌鸦、鹰、金翅啄木鸟、草地鹨（meadow lark），我以前就认识所有这些鸟儿，它们准备好给古老的联想赋予新的意义，并使之永恒。在我的房子还没有建造之前，它们的房子就建成了；在我还没有完全扎根之前，它们就彻底扎根了。我还不知道我的苹果树上会结出哪种苹果，然而就在那棵苹果树上的一根腐朽的粗枝的空洞中，蓝鸲正在筑巢。而更远处，在那边那根枝条上，棕顶雀鹀（social sparrow）忙忙碌碌，衔来毛发和稻草筑巢。知更鸟则时时偷嘴，品尝了我种植的樱桃的味道。这么多年来，雪松太平鸟（cedar bird）熟悉这个地方的每棵大金钟柏（red cedar）。当我的房子周围布满脚手架，东菲比霸鹟（phoebe-bird）就在屋檐下面一块突出的石头上构筑了自己的巢穴，那巢穴覆满青苔，精致无比。一只知更鸟把泥巴和干草堆满墙上的一个凹处；烟囱燕（chimney swallow）在烟囱里进进出出；一对莺鹪鹩（house wrens）干脆就在我家里，住在门上的一个舒适的空洞里面。更有甚者，在4月的一场暴风雪里，一些隐夜鸫（hermit thrush）飞进我那尚未完工的卧室里来躲避风雪。实际上，在我彻底认识这些朋友之前，我就已经置身于它们中间了。这个地方并不像我想象的那样新，它已经老了。鸟儿们还勾起了我对好几十年前发生的事情的美好回忆。

在鸟儿永远相同的这一事实中，有某些几乎可悲的东西。你老了，你的朋友死了，或者移居到远方的土地上，一件件事情不断发生，一切都变了。然而在你的花园或果园中，还有你少年时代的鸟儿，还有那同样的调子，同样的鸣啭，它们徘徊不去，实际上，这些完全相同的鸟儿，把自己的青春永远捐赠给了你。很久以前，燕子就在你父亲的谷仓的屋檐下面筑巢，那时你还无法摸到它们的巢穴，如今它们就在你自己的谷仓的屋檐下面尖叫、啁啾。你在很多年前就多么欢乐地追逐过莺和生活在林中的胆怯的鸟，如今你又把它们的名字教给某个可爱的少年，他偶尔躺在自己的故乡的山冈上睡觉。时间没有在这些鸟儿身上留下烙印，当你到外面陌生的树林中散步，它们就在那里，带着不断更新的永远的欢乐青春嘲笑你：金翅啄木鸟的鸣叫，鹌鹑的啸声，草地鹨强烈刺耳的调子，松鸡鼓翅发出的嗡嗡声，这些声音多么忽视岁月的流逝，把那种世界年轻，生活都是假日和浪漫传奇的春季的旋律传递给你的耳朵！

在心情紧张、激情澎湃得不同寻常的时候，仅仅是一只鸟儿的音调或歌声就可以深深地陷入你的记忆，叙述你的悲伤或欢乐，你同它们密不可分！我再度听见黄鹂的歌声时，还能避免一次次被那婉转的调子渗透吗？对于我，那歌声能不同于唱给死者的挽歌吗？日复一日，周复一周，这只鸟儿都栖息在我门边的一棵桑树上发出呜嗺的颤音，同时悲伤犹如柩衣一般黯淡了我的日子。这个歌手的歌声如此高昂持久，它的音调逗弄着我那兴奋而又烦恼的耳朵。

倾听远方松树上的鸟鸣，
在高高的树上唱歌！
哦，听到了你，旅行者！
它对我歌唱什么？
如果上帝没用像我那样的
悲伤来敏锐你的耳朵，
你就能从那种精美中让它那
沉甸甸的故事显得神圣。

哈得孙河流域，鸟儿的自然大道

某些自然主义者认为，鸟儿从来不通过那种被称为自然死亡的方式死去，却通过某种谋杀性的和意外的方式死去，然而我发现了雀鹀及绿鹃（vireo）在田野上和树林中死去，或奄奄一息，并没有留下任何发生过暴力的证据。我还记得，在我童年时曾经有一只红雀（redbird）精疲力竭地坠落到院落中，那个少女把它带进来，那鸟儿亮丽的深红色影子给我留下的印象，可以说至今不可磨灭。我们不了解鸟儿是否像家禽那样容易感染瘟疫等疾病，但有一天，我看见一只棕顶雀鹀因为某种失常的古怪行为而完全残废了，它的失常暗示着一种有时侵袭家禽的疾病：这可怜的鸟儿非常不幸，它的一只眼睛几乎被那种看上去犹如瘰疬的伤痛给弄瞎了，在它的一只翅膀最后的那个关节上，长出了一个肿胀的或真菌状的增生物，使得这只鸟儿彻底残废了。在另一个场合，我拾起了一只看起来良好的鸟儿，但是它在飞翔时却无法保持重心，重重地坠落到了地面上。

我们很难见到死去的鸟类，原因之一就是它们在濒临死亡时，它们的本能常常提示它们必须爬到某个洞里或某种遮蔽物下面去，它们认为，在那里能让自己免于沦为它们天敌的猎物。令人怀疑的是，如果任何像鸽子或松鸡那样的猎鸟，始终是死于老年，或者是像刺歌雀或那"活百岁"的乌鸦那样的半捕猎鸟，然而死亡能以其他什么形式来制服蜂鸟或雨燕（swift）和家燕（barn swallow）呢？这样的鸟才是真正的空中之鸟。它们在迁徙期间，偶尔可能会迷失在海上，可是据我迄今所知，它们逃脱了其他形式的捕猎。

我发现，哈得孙河（the Hudson）流域为鸟儿形成了一条宽阔的自然大道，这种情况无疑就像康涅狄格河、萨斯奎哈纳河、特拉华河以及其他所有南北流向的巨大水道一样。鸟儿喜欢舒适的旅行方式，在这些河谷中，它们找到了一条已经为自己渐次变化的道路。在整个季节里，它们在这种地方的数量远比它们在更遥远的岛屿上要大得多。

早春时，每当看见一群群飞向我们的知更鸟，就令人非常愉快。美国自然作家、诗人爱默生（Emerson）在他的一首诗里说道：

四月的鸟，
身披蓝色外衣，在面前的树木之间飞翔……

然而在 4 月陪伴着我的鸟是知更鸟，它们轻巧活泼，啁啾着悠扬的音乐，点缀在每一片田野上，嬉戏在每一片小树丛中。在这个季节里，知更鸟的数量很容易达到顶峰，就像一两个月之后刺歌雀将遍布大地一样。4 月的色调是红色和棕色——新的田垄和无叶的树木，而这些色调都是 4 月的主要鸟类呈现出来的。

我站在餐厅窗口观望，或曾经观望那平坦的牧草场就那样一望无际地连绵延伸着，我所希望看见的美丽春天就是这片田野，遍布着知更鸟，它们要么把红色的胸脯转向晨曦，要么在一块块流连不去的积雪背景上，让自己的活泼形态显出鲜明的轮廓。有好几周，我每天早晨都要给那些知更鸟喂食，但我从未查明它们自己的早餐食物是些什么。

叶片长出之后，更为欢快的色彩流行了起来，知更鸟便退居二线了，飞到老苹果树上去忙碌自己的家庭事务。要不然它更喜欢樱桃树，一对知更鸟在一棵樱桃树上用泥巴和枯草构筑了它们的家庭圣坛，我经常看见它们在樱桃树上来来往往。累累樱桃结出的时节，雄鸟担当起了从自己的树上赶走所有其他入侵的知更鸟的职责，白天，在樱桃树的树枝上，每时每刻都展现出了活跃的撕打场面。天真的来访者几乎还没有歇落下来，那嫉妒的雄鸟便飞临到它身上。然而，当它从一边向入侵者发起进攻时，第二只入侵者便会从另一边趁虚而入，尽管如此，雄鸟都尽职尽责，想方设法守护自己的樱桃，可是它自己很少有时间去享用这种果实，因此我们完全可以同它分享。

大群旅鸽布满了天空，覆盖了市镇

我经常看见知更鸟谈情说爱，也总是因为雌鸟全然的冷淡及漠视而感到惊讶和愉快。我相信，每种鸟的雌鸟都有共同之处——它们绝对没有卖弄风骚，或者摆出任何架子和玩弄任何诡计。在大多数情况下，造物主把歌声和羽衣赋予了雄鸟，所有修饰和行动都是由雄鸟来完成的。

我一看到旅鸽（passenger pigeon）就总是心情舒畅。我看见这些鸟儿形成的云掠过天空时，感到非常愉快，其他场面几乎都不及这种场面壮观，它们在春天的树林中的歌声和鸣啭令我的耳朵十分愉悦，其他声音几乎都不及这种声音悦耳。它们大群大群地飞来，布满了天空，覆盖了市镇，让孤寂的地方变得像过节一样热闹、欢乐。光秃的树林突然变得蔚蓝，好像有无数丝带和头巾在翻飞；变得响亮起来，犹如儿童的嗓音。这些鸟儿总是不期而至，我们知道，4月将带来知更鸟，5月将带来刺歌雀，可是我们不知道4月、5月还是任何其他月份将带来旅鸽。有时我好几年也看不见一群旅鸽，然后在某个3月或4月，它们突然出现在南方或西南方的地平线上，倾涌而来，一连好几天都活跃在这片土地上。

　　这个鸟类种族似乎都由大群大群的鸽子聚集而成。有时，我确实认为美国只有这样一大群鸽子，它们就像一支庞大的军队，以小队、中队、大队的形式迁移。每隔几年，我们就看见它们的侦察和觅食小队的群体更加壮大了，但实际上，我们极少目击到整个迁移的庞大部落，有时我们听说它们在弗吉尼亚州，或者在肯塔基州和田纳西州，有时在俄亥俄州或宾夕法尼亚州，有时在纽约州，有时又在加拿大或密执安州，或密苏里州。那些捕杀它们的人类鲨鱼一直追击它们的踪影，这些家伙似乎锲而不舍，从一个地点追踪到另一个地点，从一个州追踪到另一个州。

　　一年前，也就是去年4月的两三天里，鸽子们沿着哈得孙河来来往往，它们要么以长长的弓形线飞翔，要么以大片的密集阵形飞翔，像冲击波一般飞越天空，这还不是鸽子们的整个军队，但我认为这至少是它的一个军团，自童年起，我就从未见过鸽子以这样的规模飞翔。我走到房顶上，以便更好地观察这些羽族的队列，这种情形发生的那一天，似乎很难让人忘怀，也颇富诗意。（这次飞翔，后来被证明是鸽子在哈得孙流域的最后一次飞翔。到现在的1895年，整个旅鸽部族几乎已经被那些为了食物而大肆捕猎的猎人斩尽杀绝了，残存下来的极少数鸽子，也仅仅只能以小群的形式散布在美国北方各州）

　　当我观看鸽子之际，一群大雁（wild geese）飞过，耙地似的凌空飞向北方。大雁发出一种和谐的声音，这种声音比鸽子的还要深沉，它们的命运仿佛被注定了一般，在水平线上径直飞向自己的目的地。我无法述说这些迁徙的鸟儿，尤其是大雁，在我的内心唤醒了怎样的激情。在一个季节里，人们很少看见超过一群或两群的大雁，而这是春天多么鲜明的标记啊！巨大的群体在迁移，这就像得胜的军队在通过。春天不再是一寸一寸地缓慢到来，大雁的一次飞翔就把春天的标识插到了这片土地上。我渴望跟随它们那样飞翔，在我的心中，有某种多么野性而惯于迁徙的东西总是用羽毛装饰着自己，又如此之快地跟随鸟儿的飞翔！

转向北方，发出沙哑的鸣叫，

穿过天空的一片片偏远土地，

每一夜歇落下来

在传奇般的新风景里，

在人类陌生的孤独湖畔

暗中喂养喧哗的种族。

与这些景色相伴而居，提醒我观看春天来临，春天不仅是在大雁的大翅膀上，在鸽子和其他鸟儿的小翅膀上来临，也在众多微妙而间接的预兆和媒介物中来临，这也是对生活在乡间的一部分补偿吧。我也十分欣赏那可能会被称为春天的负面——那些黑暗的、潮湿的、溶解性的日子，到处都是黄色泥淖和水，然而谁能长时间待在室内？潮湿是柔和的，对于嗅觉、面庞和手，很容易让人感到满意、舒适，而且这几个月来第一次有了泥土的清新气味。空气里充满第一批鸟儿的鸣叫和音调。家禽拒绝已经习惯的食物，因此离开家禽棚，到远处飘泊漫步，它们拾起的东西是冬天留下的，还是春天扔掉的？是什么让我如此长久地伫立在院落中或田野上？除冰雪之外，某种东西也融化了，随着春天的洪水流走。

雄蓝鸫频频向入侵的雪松太平鸟示威

小雀鹀和紫朱雀（purple finches）多么守时地宣告春天来临，于是人们便疑惑它们并没有看过年历就准确地了解某些季节，因为户外确实还没有春天的迹象。然而，还在融化的积雪中时，它们便开始欢快地歌唱，仿佛它们得知了明天是3月的第一天。大约在同时，我注意到地窖中的马铃薯显露出了发芽的迹象——它们也如此迅速地发现了春天临近的时间。春天从两条路线而来——空中和地面，通常是通过地面先来到这里，春天暗中破坏那貌似强大的冬天，我很久以前就知道树木要通过外表发出芽来，人们会期盼它们发芽。就在积雪从地面上消失的时候，霜也从地面上消失殆尽了。

然而冬天也有它自己的鸟儿。一些冬天的鸟儿躯体如此之小，以至于人们常常疑惑它们怎能抵御凛冽的寒意！可是它们却成功地度过了寒冬，顽强地生存了下来。鸟儿靠高度浓缩的食物为生——

精细的野草籽和草籽，昆虫的卵和幼虫，这样的食物肯定热量丰富，口味还非常刺激，比如，还有什么食物能跟一个挤满蚂蚁的沙囊媲美呢？想想那一点点蚊蚋，或者山雀和褐旋木雀（brown creeper）在冬天的树林中收集到的精美而神秘的食物，肯定大有好处吧！令人怀疑的是，当燃料足够维持这些鸟儿的小火炉运转时，它们是否也冻结了，并且当它们完全从树干和树枝上获得自己的食物时，像啄木鸟那样的鸟儿，积雪很少阻断它们的食物供应。最大的烦恼肯定是我们的树林在冬天有时候也会冻结。

食物问题似乎的确是鸟儿们唯一的严重问题。给予它们足够的食物，大多数鸟儿无疑就会勇敢地面对冬天。我相信所有啄木鸟都是冬天的鸟儿，除了金翅啄木鸟或黄鹂（yellow-hammer），这两种鸟主要依赖地面生活，在进食的习惯方面，它们根本算不上是啄木鸟。披肩榛鸡（ruffed grouse）还没有追索到生长出来的嫩芽就被迫迁徙了。鹌鹑无疑也同样艰难，但它的食物在于积雪的施舍，被严冬频频卡断，因此它不得不冒险去寻找那些并不能经常找到的食物。在有足够的大金钟柏浆果的地方，雪松太平鸟就会在纽约过冬。老一代鸟类学家说，蓝鸫会迁徙到百慕大，但是在1874~1875年的那个寒冬，一对蓝鸫却偏偏留在纽约市北面约130公里处同我一起过冬，它们似乎受到了我的乡间住宅门廊的吸引，同时受到了伫立在门廊前的一棵密西西比朴树的吸引，才决定不迁徙，选择了留下来过冬。它们寄宿在门廊中，在树上进食。它们确实颇有规律，而且贪图安逸，黄昏时分，它们准时出现在门廊顶端一根大桂树根的位置上，尽管如此，为了保持门廊地面整洁，我会愤怒地操起一把扫帚，频频把它们从那里赶走，给它们规定了路线，但是这对鸟儿仿佛置若罔闻，根本不会接受这类提示，也没有放弃它们在门廊中的住处，更没有放弃它们飞掠的浆果，这种情形一直持续到春天。

在冬天，一群也在附近地区过冬的雪松太平鸟频频来临，多次拜访那棵密西西比朴树。在这样的时候，我总能目击到蓝鸦相当愤怒的样子，那种场景非常有趣：它们叱责着、威胁着入侵者，还吝惜雪松太平鸟吃掉的每一颗樱桃。蓝鸦发不出刺耳或不快的声调，对于爱情和战争，它似乎确实只有一种语言、一种言语方式：它愤怒的表情几乎就像它的歌声一样富于音乐性。那雄蓝鸦频频向入侵的雪松太平鸟示威，充满了敌意，但还不至于公开攻击它们，而每当偷猎者离开，它和它的伴侣便表现出莫大的宽慰。

在我孤寂的时刻，还有其他伴侣陪伴着我，其中有从大北方远道而来的松雀（pine grosbeak），这是一种在我们这里难得一见的著名鸟儿，但偶尔也能见到单一的品种。可是在1875年冬天，天气极度寒冷，无疑是这个原因导致它们大批侵入纽约州和新英格兰地区，它们的来临吸引了乡下人的注意。12月初，我在特拉华河的源头第一次看见它们的身影。当时我拿着猎枪，沿着一道被清除干净的山岭行走，就在日落时分，我突然看见了两只陌生的鸟儿栖息在一棵小枫树上，我举枪击落其中一只，拾起来一看，发现它是一种我从未见过的鸟儿，色彩和形态都类似紫朱雀，但是在体积上又大于紫朱雀。从它沉重的嘴喙来看，我立即认出它属于松雀家族。几天以后，我在树林中、地面上和树木上就看见了大量松雀，再到后来，直到2月份，它们在哈得孙河上就多得数不胜数了，它们从四面八方来到我的房子周围，甚至比小小的雪雀（snowbird）还要熟悉、普遍了，在窗户下面跳动，在我俯视它们之际，它们也非常好奇地仰望着我。它们以果园中的糖槭（sugar maple）的花蕾和冻结的苹果为食。它们多半是一些幼鸟和雌鸟，色彩很像普通的雀鹀，偶尔可以看见一只老雄鸟的色彩黯淡的头颅和脖子。

白冠带鹀最稀少，也最美丽

在同一个冬天，与我逗留在一起的其他北方的来访者，是树雀（tree sparrow）或加拿大雀鹀（Canada sparrow）和朱顶雀（redpoll）。树雀是一种比棕顶雀鹀要大的鸟儿，但在其他方面很像棕顶雀鹀，因为它的胸脯中央有一块显著的暗色斑点。朱顶雀是一种同普通金翅雀的体积和形态相当的鸟儿，飞翔方式跟金翅雀相同，音调或鸣啭声也几乎相同，然而色彩却比金翅雀在冬天的羽衣更为黯淡，而且它还有一个红色的冠，胸脯上有红色的色调。整个冬天，这两种鸟儿小群小群地潜伏在谷仓前面的院落周围，啄食干草种子，当外面的食物短缺的时候，这些雀鹀有时就会冒险进入干草棚。我感激它们的陪伴，我每次到谷仓，它们都让我感到了一种鸟类学的氛围。

尽管一定数量的鸟儿不得不面对我们的冬天，并且通过不同的转移来熬到春天，它们当中的一些是永久居民，而另一些则是从大北方远道而来的来访者，然而只有一种真正的雪鸟，积雪的婴儿，那就是雪鹀（snow bunting），这种鸟儿似乎适合于这个季节，它宣布暴风雨的来临，振动勇敢而迅疾的翅膀，还犹如5月的歌手那样欢快地唧啾鸣叫。它的羽衣反射出冬天的风景——一片辽阔的白色，覆盖着或形成条纹状的灰色和褐色，一片有一丝树木或残桩色调的雪地。它适合进入这片风景，而且并不像大多数冬天的鸟类居民那样过着贫困而阴郁的生活。在河上冰雪融化期间，我看见它们在一群群人中间轻快飞掠，或者浮在一块块冰上，在马粪中啄食和抓挠，它们热爱遥远土地上的麦垛和干草棚，在那里，农夫在积雪上给牲口喂草料，落下来不少红根植物、豚草或者藜，这些草料为这些鸟儿增添了冬天的食物贮存。

尽管这种鸟儿和其他一两种鸟儿，例如山雀和五子雀（nuthatch），在冬天或多或少是满意而快活的，然而还没有哪种鸟儿像很多英国的鸟儿那样，能勇敢面对我们的冬天而歌唱。英国鸟类传记作家告诉我们，大不列颠的一些鸟类，除了最严酷的霜冻，整个冬天一直在歌唱。然而在这个季节里，像在弗吉尼亚那样的南方，说不定更远的地方，同我们在一起的鸟儿已无声无息，甚至猫头鹰也不呜呜呜鸣叫，就连鹰也沉寂无声，不再发出尖啸了。

春天，在飞往加拿大和远方的路上，在我们这里短暂停留的鸟儿中间，没有比白冠带鹀（white-crowned sparrow）更让人赏心悦目的鸟儿了。整个 4 月和 5 月的第一周，我都注视着它。白冠带鹀是最稀少和最美丽的雀鹀种类，它长着冠冕，犹如运动会上的英雄或优胜者。它的同类白喉带鹀（white-throated sparrow）通常伴随着它而来，但它的数量跟白喉带鹀相比，比率很少超过 1:20。同白喉带鹀相比，它的外貌看起来就像是它那幸运的兄弟，但它还是跟它的兄弟有某些特定的区别，从蛋上面来看，它的蛋更精美，品质更优良；它那灰白和棕色的雀鹀颜色非常清晰、鲜明，形态也更优美。无论如何，它的整个表现都具有唯一方式，而这种方式在它的冠冕上达到了极致：这种鸟儿的不同色调在这里形成一个焦点，并且强化，更浅的色彩变成白色，更深的色彩几乎变成黑色。还有那源于这鸟儿所具有的一种习惯的冠毛暗示，轻轻扬起它的部分羽衣，仿佛要让自己的标志更加显著。它们是伟大的抓扒者，经常会像母鸡一样，停留在一个地方抓扒上好几分钟。然而，它们又不像母鸡，而像所有的跳动者，用双足同时抓扒，但那决不是最好的抓扒方式。

春天和秋天，在白喉带鹀逗留期间，它们经常唱歌，然而我唯有一次听见过它们歌声的所有部分。那是 10 月的一个早晨，正当太阳升起的时候，那歌声从我以为是一只年轻雄鸟的喉咙里开始响起，音调定得很低，犹如一种被遗忘的空气，却非常美妙，是栗肩雀鹀（vesper sparrow）与白喉带鹀合二为一的歌声。它在孵化雏鸟的老巢里，肯定是出类拔萃的歌手，但是当它旅行时，它却非常节省自己的美妙音乐。

雀鹀都是温顺而谦逊的鸟儿，它们来自草丛、篱笆、低矮的灌木、长满野草的路边处所。造物主拒绝把所有亮丽的色彩赋予它们，相反却把美妙而悠扬的嗓音赋予它们。它们的歌是优雅朴素的童年摇篮曲。白喉带鹀的歌声中有一种胆怯的、颤抖的曲调，从那隐藏着它的摇篮的低矮灌木或篱笆后面传出来；歌带鹀（song sparrow）则把它朴素的小曲调整得跟自己巢穴的衬垫一样柔和；在栗肩雀鹀的曲调中，唯有安宁和温和。

一只歌带鹀在我的土地周围歌唱

雀鹀会构筑多么漂亮的巢穴！那位于长满草丛和青苔的河岸下面的雀鹀巢穴，还有什么能比它更精致呢？这种鸟儿多么小心翼翼，不扰乱一根稻草或者草的嫩枝，也不扰乱一丝青苔！要接近它的巢穴，你就只能或多或少地搅扰那个地方，你不能把手放在里面，然而，这小小的建筑师日复一日地工作，没有留下标记。那里有一个挖掘的凹穴，然而泥土的颗粒好像被移动了。如果这巢穴像草丛和青苔一样默默地缓慢生长，那么它就不能更恰当地适应它的位置和周围的环境了。绝对没有什么提示来告诉你的眼睛它就在那里，那里通常有几根枯草，嫩枝从上面的草皮落下来，在那巢穴前面微微形成一道屏障。它多么普通而粗糙地开始，同附近的残屑混合起来，那靠近巢穴中心的部分，得到了多么大的改进，展现出它的形态，造就得如此完美，排列得如此柔和！于是，当产完了一枚枚蛋，并开始孵化的时候，这沉寂的古老河岸就保持着一点点多么美好的、令人愉快的神秘！

我以前描述过歌带鹀的巢穴。歌带鹀的歌声，显示出一种独特个性，比我熟悉的任何其他鸟儿的歌声还要显著。相同鸟类的歌声通常都相似，但是我观察过无数只歌带鹀，它们的歌声都有自己的特殊个性。上一个季节，整整一个夏天，一只歌带鹀都在我的土地周围这样歌唱：swee-e-t, swee-e-t, swee-e-t, bitter（甜蜜，甜蜜，甜蜜，苦涩）。从5月到9月，我日复一日听到这种曲调，我认为这是对生活做出的简单而深刻的总结和概括，我还疑惑这小鸟怎么能如此迅速地了解了生活的这一本质。眼下这个季节，我听见另一只歌带鹀唱起一支同样具有独创性的歌，可是这支歌不那么容易配词。4月，在一大群歌带鹀中间，其中的一位歌唱大师吸引了我的注意力，它的曲调中具有英国诗人雪莱（Shelley）和丁尼森（Tennyson）的某些诗句，那种曲调的发音非常奇特，不绝于耳、错综复杂、轻快活泼，远远超越了我所听过的所有其他歌带鹀的歌声。

但是，在我所了解到的偏离鸟类的标准歌声中，有一个最值得注意的例子，那就是一只棕林鸫的歌声。在我那靠近河边的土地脚下，这只鸟儿像雀鹀那样，整个季节都唱个不停。歌声开始时是正确的，结束时也是正确的，可是歌唱中途却插入了一种高声的、刺耳的、模仿的调子，与它呈现的曲调的其余部分大相径庭。当这非常的调子最初迷住我的耳朵时，我一点儿也不迷惑，就像我推测的那样，开始去认识一个新的熟人，但是没过多久，我就发现它应该从何处开始歌唱。黄金中的黄铜，珍珠中的鹅卵石，在棕林鸫那悠扬的曲调中，不和谐的尖叫和鸣叫更不恰当，它那不和谐的歌声让我的耳朵既痛苦又惊讶，似乎是这只鸟儿的乐器失控了，要不然就是一个曲调很悲伤地走调了，并且在轮到转折的时候，它并没有唱出那些实际上犹如珍珠的和声，却发出一种刺耳的声音。然而，这歌手好像完全没有意识到这个缺陷，或者它对此已经习以为常了，还是它的朋友劝说它这是一种令同类觊觎的变奏呢？有时，在一窝幼鸟孵化出来，亲鸟的骄傲到达顶峰之后，它就会在这个地方做一次胜利的凯旋之旅，从山冈下面一直来到房子上，面对任何倾听者招摇它那破裂的乐器。接下来的那个季节，它再也没有归来，或者它可能归来了，但它那变形的歌声已经消失了。

　　我注意到，刺歌雀在不同地区的歌唱是不同的。在新泽西州，它有一支歌；在哈得孙河上，它有同一支歌的轻度变奏曲；在纽约州内部的高高草地上，它有一种不同的曲调——更清晰，发音更鲜明，也更特别，流露出更多的活力和轻快。它让人们想起那些地区更清澈的山间空气和泉水。我永远不能分辨出刺歌雀在新泽西州歌唱的是什么，但是在纽约州的某些地区，它的发音方式非常清楚，有时，它以词语"格古、格古"开始歌唱，然后它再次更加彻底地唱出"be true to me, Clarsy, be true to me, Clarsy, Clarsy"（对我真实，克拉西，对我真实，克拉西，克拉西），因此，完全投入它那不可模仿的歌声里面，其中点缀着"kick your slipper, kick your slipper"（踢动你的拖鞋，踢动你的拖鞋）和"温暖、温暖"那样的词语（最后一个词语有特殊的鼻音共鸣），听得一清二楚。当它的声音处于最佳状态时，就成了一场显著的表演，一场独特的表演，因为无论是在声调上，还是在方式上，还是在效果上，都没有包含我们听到的任何其他鸟儿歌声的那种最轻微的线索或暗示。

在世界各地，刺歌雀都没有同伴和平行的同类，没有同它密切相关的鸟类，它独一无二。它不是云雀，也不是金翅雀，不是莺，不是鸫，不是欧椋鸟（starling），尽管已故的博物学家把它同欧椋鸟划分为同一类，但实际上两者各不相同。对于很多已经了解的规则，它是一个例外。它是我所了解的唯一具有清晰而显著的羽衣的地栖鸟。它是我们在密西西比州东部拥有的唯一黑白相间的田野之鸟，而且更奇怪的是，它的下面是黑色的，上面则是白色的，在所有其他情况中，这是一个相反的事实。在孵化季节，它是一种生活在牧场上的鸟，以牧草为食，与苜蓿、雏菊和毛茛息息相关，这是其他鸟儿所没有的，它还有一种非法闯入者和新来者的外观，它并非生来就拥有那种举止。

云雀倾洒歌声，一连很多分钟从不间断

刺歌雀有一个圆满的喉咙，其异乎寻常，这可能有助于它

歌声的巨大力量。迄今还没有发现哪种鸟儿能够模仿它，或者重复，或者发出它的一个调子，仿佛它的歌声是一套新的风琴发出的音乐——四周有一种颤动，在琴键上迅速漫过，那种技艺成了其他歌手的绝望。据说，当刺歌雀一出现，小嘲鸫（mockingbird）就哑默无声了。我的邻居有一只英国云雀（English skylark），它在树的空洞中孵化和养育幼鸟，这只鸟儿是最持久和最能喊叫的歌手，就像小嘲鸫一样，是完全成功的模仿者。它倾洒出的一种曲调是我们听到的几乎所有鸟的歌声的规律性插入，对于整体，它以自己那恰当的云雀之歌形成一种明显的分界标志。东菲比霸鹟、紫朱雀、燕子、红额金翅雀（yellowbird）、王霸鹟、知更鸟和其他鸟儿，都以完美的清晰和准确来表达自己，可是它们的词语与刺歌雀的词语完全不同，尽管在连续四个夏天里，云雀肯定每天都听见了刺歌雀的歌声。在附近的田野上，这是云雀没有尝试去剽窃的一种显著歌声，它不可能偷窃刺歌雀那雷霆般的歌声。

云雀仅仅因为自己的翱翔高飞和歌声持久的显著特性，成为比刺歌雀更奇妙的歌手。在旋律方面，同刺歌雀的调子相比，云雀的调子发出锉磨声，因而有些刺耳。当它被关在笼子中，离我们很近时，云雀的歌声肯定令人不快，它的歌声如此之高，充满尖锐的、吸出的声音。然而在丘陵上面的高空飞翔时，它就一气倾洒自己的歌声，一连很多分钟从不间断，那就令人非常愉快。

这种在我们中间通常被称为云雀的鸟，即草地鹨，可是后来的鸟类分类者说它根本不是云雀，它具有跟英国云雀几乎相同的嗓音——高声，刺耳，发出"z-z-ing"的音，在交配季节，它频频振翅飞翔，唱出一支与云雀之歌相似的短歌。它的生活与庄稼残根有联系，因为在冬天来临之际，它总是最后一个撤退的鸟儿。

很多鸟儿的习性正在慢慢变化。它们的迁徙不太明显。随着我们这个国家的定居和耕作，几乎每种鸟儿的生活方式都增加了很多。昆虫更加丰富，野草籽和草籽也更加丰富了，因此我们的鸟儿就像英国的鸟儿那样变得越来越驯化。燕子几乎都离开了它们最初的居住地——空洞的树、悬崖和岩石，来到人类住地及其环境中。在我们国家开拓之前，家燕在哪里筑巢？烟囱燕曾经在空洞的树中筑巢，也许偶尔还在那边的度假地筑巢，可是烟囱燕筑巢在烟囱里面，尽管那里有烟雾，但似乎烟雾最符合它的趣味。春天，在它们配对之前，我想这些燕子在夜里有时会从树林中经过，但是如果我不是老人，完全可以停止使用烟囱，让它们安居乐业。

5月初的一个晚上，在乡间的一个偏僻处，我的注意力被一群燕子吸引住了，那群燕子有好几百只，也许有上千只，在一个停止使用的高大烟囱附近盘旋。它们非常活跃，吱吱叫着，以一种最特别的方式俯冲。它们形成了一个直径有几十米或上百米的巨大圆圈，那圆圈连续不断，逐渐收缩，接近烟囱。不久，一些燕子接近烟囱，开始朝着烟囱里面俯冲，吱吱的叫声比任何时候都要活跃。然后几只燕子冒险飞进去，再过片刻，烟囱口周围的空中便挤满了一片黑压压的燕子，等待着降临下去。当通道开始拥挤的时候，这个圆圈就升起来，其余燕子继续飞翔，给予那些已经在里面的燕子以足够的时间得以安顿下来。然后，大批燕子再次开始涌入，并且保持到这个群体变得巨大，那时才清晰如初。就这样，燕子们通过分批进入或层层进入，涌入了烟囱，直到最后一只燕子进去。后来，我在几天后经过那里，看见一块木板从建筑物的屋顶伸到上面的烟囱顶端，我想象，那是某个古怪的人或者某个捕食的男孩干的，他爬到了烟囱上去窥视里面，是想去看看那么多燕子如何把自己安顿在这样一个空间里面。在早晨看见它们从烟囱里面纷纷飞出来的场面，将非常有趣。

第 3 章　莺鸣时节

In Warbler Time

当树叶初绽，鸣莺飞临，它们的迁徙达到了高潮。这些不倦的歌手在夜里飞来，点缀了大地，早晨的树林活跃起来。5月莺飞，5月闻莺，此时你不妨放下手中的工作，漫步田野、树林，让自己沐浴在那阵阵袭来的音乐之中，涤尽尘世烦恼。

这个 5 月的清晨，我穿过田野散步，西风朝我迎面吹来一阵清新气味，令人惬意，犹如我们这里美妙的紫罗兰（violet）的气味。这种气味很可能是从那刚刚抖落须边一般的花朵的糖槭上飘来的，也有可能是从开花的榆树（elm）上飘来的。当这些树木初绽花朵时，它们好几个小时都不停地散发出一种明确的香气来。这是 5 月的最初气息，十分宜人。4 月也有自己的气味，非常精致，充满了暗示，可是在 5 月之前，风很少把真正的花香传递过来。我说过，现在到了莺鸣时节，应当注意那些可爱的小小迁徙者的最初来临了。当我看见面前的一棵小铁杉树上有一只白色条纹的蓝色翅膀不停地忽闪，然后看见一个黄色胸脯和一片黄色冠冕，我的思想就几乎完全放松了。我小心翼翼地接近，一会儿便完全看见了在我们这里更为稀有的莺之一——蓝翅黄色虫森莺（blue-winged yellow warbler）。它也非常可爱，黄色的冠冕，黄色的胸脯，黑色条纹穿过眼睛是这种鸟儿的显著特征。它不可能忍受我对它长久注目，很快便展翅飞走，消失在附近的一棵树上。

不远处，红玉冠戴菊鸟（ruby-crowned kinglet）在一棵常青树上歌唱，可是我听见它的歌唱已经有好几天了。对我来说，戴菊鸟先于第一批莺到来，也许因为迅疾而紧张的动作，还因为匆忙、悦耳、尖声的曲调引人聆听、辨识，它那小小的、橄榄般的灰色形态十分引人注目。它们的歌声多么迅疾、欢乐和抒情啊！我想象，乡下人几乎都没有同时看见和听见它们。乡下人的观察力不那么敏锐，也没受过什么观察训练，对于自然界的事物，他们的观察往往粗陋，或倾听浅尝辄止，唯有硕大的物体和高声喧哗才能引起他们的注意。你看见和听见戴菊鸟了吗？如果没有，那么大自然更美好的内部世界对于你便是一本密封起来的书。当你的感官接收戴菊鸟，你的感官也会接收1000个如今逃避你的其他物体。

春天，我观察到的第一种莺通常是黄金翅莺（yellow redpoll），我在4月看见它，这种鸟儿并不生活在树木上或树林中，而是生活在开阔地上低矮的灌木丛中，常常歇落在地面上觅食，有时我看见它在草坪上。我看见的最后一只黄金翅莺是在4月的一天，那时，我到小溪去看这迟迟不去的小鸟，它在低矮的灌木丛中飞来飞去，不时还降低飞行高度，飞向碎石构成的溪岸，它的栗色的冠冕和黄色的下侧非常引人注目。

上一个季节，我初次看见了金翅虫森莺（golden-winged warbler）——一种胆怯的鸟儿，它在一片长满低矮灌木丛的古老的空旷地上，久久躲避着我。最初是它的歌声吸引了我的注意力，它的形态很像黑喉绿林莺（black-throated green warbler），可是音质却如此低劣。我朝那鸟儿远远一瞥，看见它的外形也暗示着它好像是黑喉绿林莺，因此我便一度用这一想法来欺骗自己：它只是发音器官有些缺陷的黑喉绿林莺。一两天之后，我就听见了这两种鸟的歌声，然后得出了结论：我的推论过于匆忙和草率。跟随其中的一种鸟儿，我看见了它的黄色冠冕，比它黄色翅膀上的条纹可要显著得多。它的歌是这样的：'n-'n de de de，有奇特的芦管音质，却毫不悦耳，远远缺乏黑喉绿林莺的那种清晰的、抒情的歌声，园艺学家亨利·内尔林（Henry Nehrling）在其中领会到了它与马里兰黄喉地莺（yellowthroat warbler）相似的音质，可我一点儿也没看出两者有任何相似性。

在我们这里，当人们看见一种莺歇落在地面上，就欣赏到了很多种多么明亮鲜艳的莺羽衣。6月，我沿着一条林中路前行，一只雄黑喉绿林莺从铁杉林中落下来，在我前面的地面上栖息了片刻。它看起来多么不适时，就像一截掉在那里的缎带或女帽！这种莺的喉咙总是让人想起最精美的黑色丝绒。不久，我就看见栗胁林莺（chestnut-sided warbler）也这样干：当它迅速飞落到地面上追逐虫子，在棕色地面上栖息片刻，它那鲜艳的新羽衣赋予我们栩栩如生的感觉，我们就试图在路边的一棵树上辨明它。当树叶刚刚张开，或正如英国诗人丁尼生说的，"当所有树林都伫立在绿色薄雾中，一切都不完美"，迁徙的鸣莺便达到了高潮，它们在夜里飞来，因为它们的来临，早晨的树林生动活跃起来。苹果树刚刚呈现出粉红色，为了寻找到虫子充饥，这些鸟儿多么仔细地搜查这些苹果树！在这个季节的一个寒冷的雨天，黑头威尔逊森莺（Wilson's warbler）——一种据说几乎向北飞到北极圈之内的鸟儿，在我家窗前的一棵苹果树上觅食。当我伫立在窗玻璃前，它飞落到离我的面庞不到一米之处，匆忙中停留了片刻，窥视着站在窗内的我，让我欣赏到它那令人赞赏的形态和身上的标记。它浑身湿漉漉的，而且饥饿，还面临着漫漫旅程，简直就像一个经过了长途跋涉的小男孩！

大约在同时，人们可以看见黑顶白颊林莺（black-poll warbler），这种鸟儿的体形要大得多，动作也更缓慢，它的色彩很像头上有一片黑色冠冕的黑白苔莺（black and white warbler）。据我所知，在所有的莺中，这种莺的歌声最为优美，也最像昆虫的声音。黑白苔莺的歌声减少了，开头和结尾低沉而模糊，中间则高昂而充满情感。当人们学会注意和辨别鸣禽，他们便在掌握鸟类学知识方面有了一个良好的开端。

第 4 章　拯救雏鹰的故事

A Young Marsh Hawk

自然是一个大家庭，所有动植物都是其中的成员。作为强者、充满智慧的人类，有必要也有义务去帮助那些处于劣势的成员。本文讲述了一个动人的故事，也体现出人类对自然的博爱胸怀：作者及其儿子对一只奄奄一息的雏鹰施以援手，将它从死亡的边缘拯救回来，精心照料它长大，最后让它展开雄健的翅膀，重返蓝天……

鹰从高空冲下来，目的在于让人紧张

我想象大多数乡村男孩都认识泽鹰（marsh hawk）。你看见它在田野上低飞，在灌木丛和沼泽附近搏击或者俯冲，越过围栏，聚精会神地俯视着下面的原野。它是长着翅膀飞翔的猫，飞翔得如此之低，其他鸟类和耗子才看不见它，直到它从天而降，猛然飞扑到这些猎物身上。苍鹰（hen hawk）从高空或枯树顶端飞扑到草甸鼠（meadow mouse）身上，可是泽鹰却无声无息，悄悄追踪草甸鼠，然后突然从围栏上面或一丛低矮灌木和一蓬草后面扑到它身上，夺走它的性命。泽鹰的身体大如苍鹰，可是尾巴却要长得多。我在孩提时代常常把它叫做长尾鹰，雄鹰的颜色为暗蓝灰色，雌鹰为浅红褐色，同苍鹰一样，它长着一个白色的尾部。

与其他鹰隼不同，泽鹰把巢穴构筑在低矮浓密、沼泽般湿软的地面上。在我房子后面几公里远，有一片灌木丛生的沼泽，离我的一个农夫朋友的房子不远，一对泽鹰有好几个季节都在沼泽中筑巢，我的那位农夫朋友目光敏锐，对周围的野生动物颇有认识。两年前，他发现了那个巢穴，可是一周之后过去一看，鹰巢遭到了抢劫，很可能是一些邻家男孩干的。过去的一个季节，在4月或5月，他通过仔细跟踪观察母鹰，又重新找到了那泽鹰的巢穴。那个巢穴构筑在沼泽般湿软的宽阔之处，位于一道山谷底部，宽达两万多平方米，生长着密密麻麻的绣线菊、花椒、菝葜和其他低矮的多刺灌木丛。我的朋友带我到一座低矮的山冈边缘，我们极目远眺，他指着下面沼泽中的某处让我看，说泽鹰的巢穴就在那里。然后我们越过牧草场，踏上沼泽，到处长满齐腰高的多刺野生植物，我们不得不小心翼翼朝着那个地点前进。当我们接近那里，我竭尽全力用眼睛仔细搜索，可是一无所获，直到那雌鹰在离我们不到十米远的地方腾空而起，我才看见它的身影。它一路尖叫着高高地飞升，很快在我们的头顶上盘旋起来。就在那里，在一个细枝和野草编织成的垫子上面，放着五枚雪白的蛋，那些蛋比半个鸡蛋略大一点儿。我的同伴说雄鹰很可能会出现，与雌鹰会合，可是我们一直没有见到雄鹰的踪影。雌鹰向东飘去，很快就消失在我们的视线之外。

　　我们很快就退了回来，躲在石墙后面，希望看见那只雌鹰归来。果然，不久之后它就出现在远方，然而它仿佛知道自己正被我们秘密观察着，一直与我们保持着距离，并没有接近。大约十天以后，我们再次去那里观察鹰巢，一个来自芝加哥的少女也想看看鹰巢，于是便与我们结伴而行。这一次，巢穴中有三枚蛋孵化了，当那雌鹰飞腾起来时，不知道是它有意还是无意，把两只雏鹰扔在离巢穴一两米的地方。它愤怒地尖叫着飞升而起，然后掉头转向我们，犹如一支射出的箭矢径直朝那少女飞来，很可能是她帽子上一片鲜艳的大羽激发了那只雌鹰的热情。那少女聚拢她那宽松的裙子，匆忙后退。鹰可并不像她所想象的那样漂亮。一只大鹰从高空冲向人们的脸，目的往往在于让人紧张。那只鹰冲下来的倾斜方向让人如此害怕，它精确地瞄准你的眼睛全速飞来，就在离你还不到九米的时候，它会发出一声噪声，然后转向，朝上飞去，而且飞得更高，又再度朝你俯冲下来，它似乎仅仅是在发射空弹，可是这种行动通常都产生了它想得到的效果——击退敌人。

这个鹰巢有这么多蛋：21枚

我们检查了雏鹰之后，我的农夫朋友的一个邻居便自告奋勇，要带我们去看一个鹌鹑的巢。对我来说，我总是欢迎各种鸟巢，来者不拒，鸟巢是一种多么神秘的东西，一个多么令人感兴趣和吸引人类情感的中心，如果它构筑在地面上，那么它通常是某种优美而精致的东西，位于自然残余物和一派混乱的东西中间。地面上的巢穴似乎也非常暴露，以至于看见那一枚枚脆弱的鸟蛋搁放在如此轻微的屏障后面时，总是让人惊讶得有些激动，也十分快乐。在任何一个日子，我都会长途跋涉，仅仅是为了去观察位于残根中间或一蓬草下面的歌带鹀的巢穴。鸟巢是宝石玫瑰花饰中的一颗宝石，装饰着野草或草皮。我从未见过鹌鹑巢穴，泽鹰杀戮成性，在它的猎场内，有人把一个鹌鹑的巢穴指给我看，那当然让我愉快不已。我们沿着大路前行，路上如此安静、隐蔽，长满草丛，本身就是罕见的隐蔽处。幽静是小山谷所暗示的词语，安宁则是这条道路唤醒的情感。那农夫的土地就在我们四周，一半长满了野草和灌木丛，他显然很安静，悄悄行进，没有发出一点儿声音惊扰任何动物的动作。在这条乡村公路旁边有作为土地界限的老石墙，石墙上长满了青苔，那农夫的谷仓就在扔出一块石头可及的范围内，那鹌鹑的巢穴就构筑在那里——在一丛俯卧到地面的多刺疏林的边缘上。

"巢穴就在那里。"那农夫说，在离巢穴不到三米的地方停了下来，用拐杖指着那个地点。

过了一两刻之后，我们能辨认出那鸟儿一身斑驳的褐色羽衣，它正在聚精会神地孵化自己的蛋。然后，我们小心翼翼地接近它，最后走到它上面，弯下腰去观察。

可它连羽毛都没抖一下。

然后我把拐杖放到它后面的草丛中，我们想看见它的蛋，然而又不想粗鲁地惊扰这正专注于孵化的母鸟。

它根本不愿移动。

我把手放到离它仅有十来厘米的地方，它依然坚守自己的岗位。难道我们要亲自把它抬起来移开不成？

然后，那年轻少女把手伸下去，她的手很可能是那鹌鹑见过的最漂亮、最洁白的手了。她伸出的手终于把鹌鹑给惊了起来，它飞腾而去，它一移开便露出了满巢的蛋——那些蛋如此拥挤，我以前从未见过一个鸟巢拥有这么多蛋，一共有21枚！犹如一个瓷茶托般的白色碟子或一个圆圈。你忍不住要说："多么漂亮！多么可爱！"犹如小鸡的蛋，那母鸟就像玩儿过家家的儿童那样玩着孵化。

要是我知道它的巢穴有多么拥挤的话，我就不该斗胆惊扰它，因为害怕它会啄破自己的一些蛋，可是它骤然飞腾时没有伤及任何一枚蛋。后来我得知这个巢穴安然无恙，没受到伤害，每一枚蛋都孵化了，那些小小的雏鸟，身体几乎还不及大黄蜂大，由它们的母亲领着离开了这里，飞进了茫茫原野。

重返鹰巢，雏鹰渐渐长大

大约一周之后，我再次造访了那个鹰巢。那些蛋全都孵化了，雌鹰在附近盘旋。那些雏鹰坐在地面上的古怪表情，让我至今记忆犹新：那种表情并非青春的表情，而是极端年老的表情，它们有一种年老的、柔弱的外表，面部和眼睛周围的外表是尖锐的、幽暗的和萎缩的，它们的行动虚弱、蹒跚！靠肘部和身体后部支撑而坐，苍白、枯萎的腿和脚伸展在自己前面，显出一副最为无助的样子。它们的躯体覆盖着一层浅黄色绒毛，犹如小鸡；它们的头颅有一种似乎被拔起的与它们极不相称的外观；它们长长的、强有力的、赤裸的翅膀悬垂在身侧，一直触及地面：它们仿佛被剥夺了最初显露出来的所有粗鲁拖拽的力量和凶猛，只剩下险恶的丑陋。另一件古怪的事情，就是雏鹰们的身体大小不一，从第一只到第五只很有规律地渐渐小下去，仿佛雌鹰每孵化一只雏鹰就要间隔一两天，这样的间隔很可能存在。

我们接近时，两只大一些的雏鹰流露出害怕的样子，其中的一只干脆向后伏倒，抬起它那虚弱无力的双腿来，张开嘴喙怒视着我们。两只小一些的雏鹰根本没注意我们。我们停留期间，两只亲鸟都没有出现。

八天或十天之后，我再次造访了这个巢穴，雏鹰们长大了许多，但只是身体比以前明显大了许多，但同样还留有那种极端老年的表情，鹰一般的老年人的表情，鼻子和下巴合在一起，大大的眼睛凹陷下去。它们现在用野性的、野蛮的目光怒视着我们，险恶地张开嘴喙。

接下来的一周，当我的朋友造访那个巢穴时，那些大一些的雏鹰就开始野蛮地攻击他了。可是这个鹰巢中的一只雏鹰，很可能是最后孵化出壳的那只，却几乎没怎么成长。它似乎正在忍饥挨饿。也许是那雌鹰（因为雄鹰似乎一去不返，已经消失了）发现自己这个家庭过于庞大，自己难以单独承担起抚养的职责，于是就故意让自己的一个儿女死去，以减轻负担，或者是这弱小的雏鹰尚未分到一杯羹，它的哥哥姐姐们——那些更大、更强壮的雏鹰便把食物吃得精光。

于是我的农夫朋友带走了那只虚弱的雏鹰，同一天，我的小儿子就得到了它，把它包裹在一块破毛纺布里面带回了家。很显然，这是一只饿得快要死了的雏鹰，它有气无力地鸣叫，可是却抬不起头来。

那只快要饿死的雏鹰复苏过来

起初，我们给它灌了一些牛奶，它很快就复苏了过来，因此它可以吞食一丁点肉了。一两天之后，我们就让它放开胃口大嚼起食物来，它的成长渐渐引人注目。它的嗓音具有它的父母发出的那种尖锐啸声的特征，只有在这雏鹰熟睡的时候，它才会寂静下来。我们在书房的一端给它做了一个围栏，约有四平方米，用一叠厚厚的报纸铺垫在下面。这只雏鹰生活在一小块褐色毛毯上面，日复一日强壮起来。一只样子十分丑陋的宠物，经受了我们通常应用到这种事情上面的所有惯例的考验，它坐在那里，依靠肘部支撑着身子，那无助的脚在面前展开，那尚未长出羽毛的巨大翅膀触及地面，尖叫着要求我们喂给它更多食物。我们一度每天都用笔尖为细小管状的自来水笔做成的漏斗给它喂水，可是它显然不需要也不喜欢水，它需要的是鲜肉，许多鲜肉。我们很快就发现，比起从肉店里买来的肉，它更喜欢诸如耗子、松鼠和其他小鸟之类的猎物。

为了给雏鹰提供这样的食物，我的小儿子就积极投身于一场活跃的捕猎战役，在附近捕捉所有的害虫和小猎物，供雏鹰饱餐。他设下陷阱，外出狩猎，还号召小伙伴加入自己的行列来帮助他，为了喂养这只雏鹰，他甚至剥夺了猫的口粮。如此一来，他就远远疏离于一个男孩子应该去做的事情了。"J在哪里？""去给他的鹰抓松鼠去了。"等到他成功捕猎归来时，通常已经耗费了大半天时间。很快，我们的房子就没了耗子，附近也没了花栗鼠（chipmunk）和松鼠。为了满足那日渐长大的雏鹰的胃口，他不得不扩大捕猎范围，越走越远，到周围的农场上和树林里去给雏鹰寻找食物。到那只雏鹰即将飞翔的时候，它已经吃掉了21只花栗鼠、14只松鼠、16只耗子、12只家麻雀，此外还有大量从肉店里买来的肉。

它的羽衣很快就开始长了出来——一簇簇密密麻麻的绒毛。它的大翅膀上的羽茎也快速茁发而出，因此它呈现出一种多么粗糙而离奇的外貌！但它的那种极度年老的外观却渐渐隐退。它多么热爱阳光！我们会把它放在外面的草丛上，让它沐浴在早晨充足的强烈阳光下，而它则会展开双翅，在阳光下尽情享受那惬意的温暖。在6月和7月我们这里最初热起来的那段时间里，那巢穴里的雏鹰肯定暴露于正午十足的阳光之下，那时，温度计常常上升到34℃或35℃，阳光似乎是它天生所需的自然要素。可它同样也喜欢雨，当我们把它放到外面的骤雨中时，它会端坐着，享受着从天而降的雨点，仿佛每颗雨滴都让它感到舒服。

它双腿的发育几乎同它双翅的发育一样缓慢，因此无法依靠双腿支撑着自己站立起来。大约在十天前，它才开始为飞翔而做准备，它的利爪跛行而虚弱，当它一看见我们拿着食物，就会朝我们蹒跚而来，样子就像那种残废得最糟糕的跛子，让翅膀下垂并且移动，却无法用腿行走，于是便把脚到肘折叠着而行，而它的脚却合拢，毫无用处。它就像学习站立的婴儿，需要多次尝试之后才能成功。它会尝试着依靠双腿站起来，却又会掉下去。

一天，我在避暑别墅中第一次看见它身体下面的双脚完全展开了，呈直角站了起来。它看着自己的四周，仿佛突然有了一种新面貌。

如今它的羽衣生长得相当迅速。一只用斧子剁碎的红松鼠（red squirrel）是定量喂给它的食物，在撕扯食物的时候，它开始用脚按住猎物。这时，书房里到处都是它脱下的绒毛，同时它那暗褐色的羽衣开始变得漂亮起来，它的翅膀还稍稍有些低垂，可是它渐渐能够控制自己的双翅，并恰当地收叠它们。

雏鹰不断磨砺翅膀，准备重返蓝天

现在是7月20日，这雏鹰大约已有五周大了。再过一两天，它就要在地面上四处行走或跳跃了。它在一棵挪威云杉边缘下面选择了一个位置，它会好几个小时坐在那里打盹儿，或者眺望四周的风景。当我们给它带来猎物时，它就会微微抬起翅膀，发出一声尖叫，前来迎接我们。如果扔给它一只耗子或麻雀，它就会用一只脚抓住那猎物，跳回到它的藏身处，朝猎物俯身，展开羽衣，左顾右盼，还不停地发出最欢跃和最满意的咯咯声。

大约在这个时候，正如印第安男孩可能开始学习如何使用弓箭一样，它开始练习使用自己的利爪进行攻击。它会攻击草丛中的一片枯叶，或一只坠落的苹果，或某个想象的物体。它正在学习使用自己的武器，还有它的翅膀，它似乎感到自己的翅膀正从肩头上长出来，它会径直地抬起并展开翅膀，而它的翅膀似乎会激动得颤抖。一天中的每一个时辰，它都会这样做，开始把力量集中在翅膀上。然后它会嬉戏着攻击一片树叶或一小块木头，保持自己的翅膀抬起。

下一步就是跃入空中拍击翅膀了。现在它似乎完全在思考自己的翅膀，而它的翅膀也渴望着展开、拍动、飞翔。

一两天以后，它就会跳跃和飞翔一两米了。渐渐地，它可以轻而易举地飞到土堆下面三四米远的一堆灌木丛。在这里，它会以鹰的真正样子而栖息，让这附近所有的知更鸟和猫鹊（catbird）都慌张而愤慨。在这里，它会把它的目光射向四面八方，转动头颅，仰望天空。

现在，它成了一只可爱的动物，羽毛丰满，温驯得如同小猫。可是，它在一个方面同小猫有些不同：它不能忍受你抚摸甚至触及它的羽衣。它对你的手有一种恐惧感，仿佛你的手会毫不留情地弄脏它。可是它会栖息在你的手上，允许你托着它到处行走。如果一只狗或猫出现了，它就立即做好发起挑战的准备。有一天，它冲向一只小狗，用双脚野蛮地攻击那只小狗。它害怕陌生人，也害怕任何与众不同的物体。

7月的最后一周，它开始相当自由地飞翔了，因此我们需要修剪它的一只翅膀了。由于仅仅修剪了它的初级飞羽末端，它便把它宽大的长尾巴倾向那一边，很快就克服了这个飞行困难，相当熟练自如地飞翔。它的飞行旅程越来越远，飞进了周围的田野和葡萄园，而且还常常不回来。在这样的时候，我们就会出去找它，把它带回来。

一个下午稍晚的时候，天下着雨，它展翅飞进了葡萄园，迟迟不归。一小时后，我就出去找它，却没能找到它，从那以后，我们就再也没有见过它的身影了。我们希望它在外面找不到食物，忍饥挨饿，那样它就可能很快被迫飞回来，可是从那一天到现在，我们再也没有它的线索，它消失得无影无踪。

第5章　鸟儿的好季节

A Good Season for the Birds

季节对于鸟儿，犹如季节对于人。老天的眷顾让鸟类家族兴旺，巴尔的摩黄鹂数量激增，却让果农的收获一落千丈，葡萄园损失惨重：黄鹂啄破了每颗葡萄。伯劳到处追捕小鸟，但强中更有强中手，在长耳逼近的时候，伯劳不得不将到手的猎物拱手相让，匆匆逃窜……

1880年的那个季节，对鸟儿似乎特别有利。暖和的早春，4月的雪，5月和6月漫长的寒雨，统统都消失了。确实，这些月份的异常暑热和干燥，整个夏天的疾风骤雨，全都停止了，老天似乎对鸟儿宠爱有加。鸟巢没有破裂，也没有从树上被狂风暴雨撕落下来——雨季和寒意往往会把雏鸟冻僵、冻死。5月和6月，湿淋淋的雨常常拖拖沓沓，使得农夫播下的种子在地下腐烂或处于休眠状态，夏天的暴风雨要么把树木连根拔起，要么导致树木摇晃、摆动，擦伤树木的叶簇，总是给鸟儿带来灾难。

　　过去的那个季节，由于免遭这些风风雨雨的伤害，秋季挤满了小鸟，以前的秋天从来没有这么多鸟儿。确实，我记得我以前从未见过某些鸟类的数量有如此之多，特别是棕顶雀鹀和丛雀（bush　sparrow）。确切地说，丛雀群集在田野上和葡萄园里，首次发生了鸟儿糟蹋大量葡萄的情况，在某些地区，人们指责这种小麻雀是掠夺者，可它是清白的，从不觊觎累累果实，仅以种子和昆虫为生。大多数这种麻雀被吸引到葡萄园，主要是因为这样的地方能为它们提供躲避小型鹰类的藏身处。

其实糟蹋葡萄的是另一种颜色的鸟，即巴尔的摩黄鹂（Baltimore oriole）。哈得孙河上的一个果农告诉我，由于这种黄鹂的糟蹋，他至少损失了一吨葡萄。在纽约州西部，在俄亥俄州，在加拿大，我听说大量葡萄园惨遭这种鸟儿的掠夺。它的嘴喙的锋利程度堪与匕首相比，它似乎知道自己能够轻而易举地用嘴喙刺破果实，它已成了我们这里啄食樱桃的最糟糕的鸟类。它先吃虫子，然后再吃樱桃，之后又去吃虫子，更确切地说，它只是啄破果实，让果汁流出来——这个家伙对待葡萄的方式十分粗暴，尽管它没有衔走一颗樱桃，可是把樱桃全都啄破了。它在自己所能找到食物的任何果树上，简直可以说是如入无人之境，可是它为什么要糟蹋树上的每颗樱桃，把每串葡萄一颗一颗都啄破呢？它毫无道德可言，就像咬死绵羊的狗，永不满足，永无止境，肆意咬死羊圈中的每只母羊。而且这种黄鹂特别能避开我们的大多数鸟儿所面临的危险：它的巢穴几乎密封着，雨水无法渗入，如果松鼠、松鸦或者乌鸦那样的敌人不费上很大的劲儿，就无法劫掠它的巢穴。那巢穴形如口袋，当那嘴喙锋利如匕首的巢穴主人——巴尔的摩黄鹂待在附近的时候，就连试图去探究其巢穴的松鸦或松鼠都得小心。它的巢通常悬挂在摇曳的细枝上，乌鸦无法歇落在那里。由于这些有利条件，巴尔的摩黄鹂的数量无疑激增了起来。

过去的那个秋天和冬天，伯劳多得不同寻常，它们像鹰一样追捕小鸟。在以前的一些季节，我从未见过一只伯劳的身影。这一年，当我沿着道路前行，我至少看见了十几只伯劳。有一天，我看见一只伯劳用双爪抓着猎物——我以前认为它没有这样出色的能力，因为它并不像掠夺性鸟类那样具备这种技能，可是它的脚却像知更鸟的脚一样敏捷、锋利。

一个冬天的傍晚，接近日落时分，我看见一只伯劳歇落在路边的一棵树的顶端，嘴喙里衔着某个小物体，于是我便停下来观察它。不久，它就飞了下来，降落到一棵矮小的老苹果树上，试图把那物体刺穿在一根刺藜或嫩枝上。它这样忙忙碌碌干了一阵，可是没有哪根嫩枝或哪个节瘤能让它完全满意。一只小小的长耳鸮站在自己的巢穴门口，在五六十米之遥的一棵腐朽的苹果树的树干上，显然在观察这一过程。薄暮刚刚降临，那长耳鸮才从空树干中的舒适巢穴中钻出来，在出门去做冒险之旅之前，它等待着天色渐渐暗下来。看见它迅速展开水平的翅膀无声地临近，我才首次仔细思考它的出现。直到长耳鸮几乎飞到树枝的范围之内，那伯劳才看见它，于是就匆匆扔下自己的猎物——后来我才发现那是一只鼩鼱（shrew mouse）的一部分，它一边发出刺耳的呱呱高叫声，一边飞速钻进密丛藏身，那声音就像人们可能说的"嘘！嘘！嘘"声那样。长耳鸮落下来，当我走近时，它也许还在周围寻找伯劳试图刺穿在嫩枝上的猎物。它一看见我，便猛然转身，径直飞回到那棵老树上，歇落在树腔入口前面。当我接近时，它似乎没有怎么移动，只是缩小了身体，像一件在远处缩小的物体，它压制住自己的羽衣，眼睛注视着我，开始慢慢后退，悄悄接近自己的隐居处，直到从我的视线中消失。那伯劳还在树枝上擦拭嘴喙，对我和它丧失了的猎物瞟了一眼，然后就展翅飞走了。它显然是一个优美的标本——胸脯和身体下部洁白如雪，黑色和灰色的外衣显得十分明亮、鲜艳。

过了几个夜晚，当我路过那条路，我又看见那只小小的猫头鹰栖息在自己的巢穴入口前面，等待薄暮渐渐加深，不受路人的惊扰，可是当我停下来观察它，它就明白自己被发现了，它故技重施，缩小了身体，悄悄溜回自己的巢穴。

第6章　云雀之歌

The Skylark on the Hudson

云雀之歌是春天之晨的嗓音，让人心旷神怡，也让人欢欣鼓舞。可是这个著名歌手却十分罕见，如果你有幸亲眼目睹云雀的身影，听见云雀之歌，那么它的声音肯定会永远铭记在你的心里，为你的生活增添几许淡淡的然而久久不去的欢乐。

我在以往季节留下来的笔记本上，详细描述过一只不同寻常的英国云雀，在纽约州埃索普斯溪畔的牧场上空，那只云雀放开圆润的歌喉歌唱。5月初的一个早晨，我来到一片低矮的田野上，在一个沼泽般的地方四处漫步，穿越鸟语的迷宫：知更鸟的笑语，草地鹨的鸣叫，刺歌雀的歌声，雀鹀的小调，黄鹂的嘬哨，燕子的鸣啭，空中弥漫着这些悦耳的声音。可是我的耳朵突然被一种完全陌生的曲调吸引住了，我停下脚步凝神谛听：我想我可能是听见了一只云雀的歌唱，还是我在做梦呢？那歌声自几百米远的一片宽阔低矮的牧场上空款款飘来。我倒退几步，来到一个更高的位置上，眼睛和耳朵都朝那个方向极力搜索。是的，那种慷慨的、欢悦的、向上的、丰富的歌声只能属于云雀！在我聆听之际，我们所有的本土歌手都停止了歌唱。不久，我便有幸看见了那只云雀：它飞到了苍穹上，在一小片白云下面拍动着颤抖的翅膀，在白云的背景上，它的形态显得特别清晰。我在英国见过云雀的样子，也听过云雀的歌声，要不然我还会怀疑这位歌手的身份呢！当我攀上一道篱笆进行更好地观察时，我被迫把目光从云雀那里移开，当我再次聆听和观看时，那歌声渐渐停息了，那云雀也消失了。很快，我就来到我最初听见它的歌声的那片牧场上，令我非常兴奋的是，我第一眼就看见了那只云雀。

对于我的目光，它多么陌生（这只云雀是雄鸟，可是当我向一个在原野上劳动的爱尔兰人叙述我的发现时，他却十分动人地把这只鸟儿说成是雌鸟，我注意到老诗人也持相同的观点），它那锋利的长长翅膀和飞翔方式都暗示着它是一种滨鸟（shore-bird）。我在牧场上四处跟随它，听到它一阵阵唱歌，可是它再也没有朝天空翱翔，也没有那骤雨般的丰富音乐了。我装作路过它的样子，几次在离它仅有几米之遥的地方仔细观察它。当我一接近时，它就会蹲在树桩上，然后突然飞起来，当它完全飞腾起来时，它就短暂地歌唱，直到重新歇落在70多米或100多米之外的地方。

第二天，我到这个牧场上来了两次，第三天来了两次，每次要么亲眼看见那只云雀，要么听见它从空中传来的歌声。特别有趣的事情，就是这只云雀"满怀深情地挑选出了"我们的一种本地鸟，那种跟它最相像的鸟——栗肩雀鹀，或者叫做草雀（grass finch）。我看见它对栗肩雀鹀大献殷勤，处处跟随那栗肩雀鹀，或在它上面盘旋，企图以种种间接的温和方式来接近它。可是这栗肩雀鹀却有些胆怯，显然不知道拿这位著名的异域情侣该怎么办。栗肩雀鹀有时会躲避到一丛灌木中，而云雀不善栖落，就歇落到灌木下面的地面上。这栗肩雀鹀看起来很像云雀，它跟云雀有一种很近的亲属关系，它的色彩跟云雀恰好相同，它的显著标志就是尾巴上那两根侧生的白色管羽。在你靠近时，栗肩雀鹀也同样有偷偷躲避到树桩上或草丛中的习性，它完全是一种生活在田野上的鸟，它的某个音调可能复制了云雀之歌，它的身体比云雀约小三分之一，这就是它们之间最明显的差异。与云雀这种更高贵的鸟儿在一起，它们结合应该不会有任何障碍，这一次，尽管那云雀显然做好了相当的准备来忽略它们之间的差异，可是栗肩雀鹀却拒绝了云雀的殷勤。无疑是栗肩雀鹀在这方面的固执把那云雀赶走了，我找不到它了，从此再也没有看见过它的身影，也没听见过它的歌声了。我祝愿它在某处找到自己的伴侣，然而那似乎是绝对不可能的事情。这云雀很可能是从笼子里逃出来的，要不然就是好些年前在纽约长岛上释放出来的一些云雀中的幸存者。

在美国，云雀没有在欧洲那样繁荣，这是说不通的，也毫无道理。在4月或5月，如果在我们这里的任何一片土地上释放出几百只云雀，那么我就毫不怀疑它们会迅速繁荣起来，而那将是多么大的收获啊！作为歌手，云雀应该获得我们赋予它的所有赞美。它不会给鸟儿的合唱增添许多和谐与旋律，却会增添许多愉快、欢乐和力量。它的嗓音是春天的早晨的嗓音，令人欢欣鼓舞，犹如欢悦不息的掌声长时间响起。一个朋友给我描述他在海外听到第一只云雀歌唱时的情景，让我非常感兴趣，这位朋友在欧洲见过很多奇观，阅历丰富，因此完全忘掉了云雀，有一天，当他在海边的某个地方行走时，一只棕色的鸟儿突然在他面前飞起，升上天空，开始歌唱，这种美妙的情景大大吸引了他的注意力，当这只鸟儿飞上天空，它的歌喉中迅速倾涌出了那种喜悦的调子，犹如一只在分群时期从蜂巢飞来的蜜蜂，我的朋友一眼就看出了它的真实身份。

"天哪！"他惊叹起来，"那是一只云雀，一点儿没错，是云雀。"

云雀之歌的这种独特而准确的特征，还有它那喷泉般的活力与旺盛的精力，正是这个歌手的魅力所在。

第7章 冬日观鸟记

Bird Life in Winter

冬天，凛冽的北方让许多鸟儿难以生存，纷纷启程南飞，去寻找欢乐的过冬之地。可是一些鸟类却不畏严寒，勇敢地留在了北方，尽管度日艰难，但它们依然存活了下来：山雀、五子雀、绒啄木鸟、冬鹡鸰、金冠戴菊鸟、褐旋木雀、金翅雀、红玉冠戴菊鸟……尤其是雪鹀——这种真正属于冬天的鸟儿一边在白茫茫的雪地上叽叽喳喳地鸣啭，一边快乐地觅食，还不时警惕着随时会突如其来的羽族杀手。

欢快的山雀、五子雀和绒啄木鸟

我们国家的鸟儿，在夏天的分布相当均匀，很像人一样。到处都有一定数量的鸟儿，形形色色，在每片树林中、每片田野上，始终都有一些鸟儿来访，于是就显得不那么荒凉了。人们知道到哪里去寻找雀鹀、鸫、刺歌雀、莺和鹟（flycatcher）。可是到了冬天，这些居民的分布却像印第安人一样，稀稀拉拉，寥寥无几。人们发现到处都有一些鸟儿，一小群一小群地聚集着，但在广袤的土地上，却难得见到它们的踪影。

在冬天，你可以穿过树林走上好几个小时，也不见鸟影、不闻鸟语。然后，你可能偶然遇见一群山雀，它们后面尾随着一两只五子雀，也许最后面还跟着一只绒啄木鸟。在这个严酷的季节，真是物以类聚，同类鸟儿往往聚在一起，但食物始终是它们紧迫的问题。五子雀显然以为，在山雀们如此快活地啁啾着飞来飞去之处，必定有食物，或许绒啄木鸟也不例外，也是被同样的原因吸引而来。

它们聚在一起，彻底搜索食物——细微的、比较细微的、最细微的食物。山雀搜索嫩枝和小枝，它所获得的食物常常在表面，细微得几乎要用显微镜才能看得见；五子雀搜索树干和较大的枝条，它要深入一些，常常搜索到树皮缝隙之中和地衣下面；然后绒啄木鸟飞来了，它更加深入，用嘴喙钻穿树皮，钻入树干和枝条，寻找更大的食物。

深秋里，金冠戴菊鸟与褐旋木雀经常汇入这个鸟群来。比起山雀来，金冠戴菊鸟的眼睛更精细，嘴喙也更精细，它无疑搜集到了山雀们看漏了的食物；褐旋木雀则施展觅食技能，伸出长长的、纤细的、弯曲的嘴喙，得到了五子雀和绒啄木鸟都看漏了的食物。它们在一起搜索，看样子，这些鸟儿肯定会把这里清扫得一干二净。可是林中的树木又大又多，相比之下，这些鸟儿显得寥寥无几，因此它们无论何时都只搜索到了树木表面的一小部分。在辽阔的森林中，这些鸟儿很可能根本就仅仅造访过很少一部分树木。

隆冬，在一个寒冷的早晨，我穿过树林散步，那时林中没有积雪，我看见了欢快的山雀、五子雀和绒啄木鸟，这些鸟儿散落在地面上、树根上和掉下来的枝条上，忙忙碌碌地寻找着从树上掉下来的食物，简直就像在树下寻找从树上落下的苹果的男孩一样。

冬鹪鹩寻找昆虫的隐身之地

人们之所以这样称呼冬鹪鹩（winter wren），是因为这种小鸟有时敢于挑战我们北方的冬天，可是在眼下这个季节，我们却很少能见到它的身影。我想，在我以往的生活中，我在冬天只见过它两三次。最近在2月的一次长途散步中，我看见了一只冬鹪鹩。当时我正沿着林边小溪旁的一条侧道行走，偶然瞥见了一只褐色小鸟，它飞也似的窜过一座石桥。我当时就思忖，只有鹪鹩才会在那样小的桥下寻找藏身之处。我走到桥下，期盼着看见那只小鸟从石桥的上面一端疾飞而出，但它并没有现身，于是我就仔细查看那条小溪的岸边——那里横七竖八躺着一根根倒下的树木，覆盖着大片灌木丛，一直向上连绵延伸到二三十米远的地方。

不久，我就在一根老木头下面看见了那只鹪鹩，它仿佛是在屈膝行礼和用手势表达着什么，等我一靠近，它就立即消失在岸上一些松散的石头下面，然后又重新现身，再次窥视着我，显得烦躁不安，片刻后又再度消失了，它有些像耗子或者花栗鼠那样，在垃圾下面的洞孔中溜进溜出。可能人们总是通过冬鹪鹩的这些蹲伏、上下跳动的习性来了解这种鸟儿。

当我试图靠近一些观察它时，它便在我头上几米高之处偷偷地迅速掠过，飞向一幢房子，消失在房子附近一座木板小桥下面。

我在疑惑，在这样一个季节，它能以什么东西为食呢？地面上覆盖着一层薄薄的积雪，天气异常寒冷。据我所知，鹪鹩完全以昆虫为食，在这种隆冬的天气里，它又能到哪里去找昆虫充饥呢？它很可能搜寻桥下，灌木丛下，被阳光晒得暖暖的岸上的一个个洞孔，获得自己的美食——在这样的地方，它可能捕获休眠的蜘蛛、蚊子或其他冬眠的昆虫，或者找到这些昆虫的幼虫。我们这里有一种蚊子般细小的昆虫，它们在3月或隆冬出现，一旦气温稍微高于零度，它们就开始滋生起来。当空气寒冷得让人在散步时也要裹紧大衣时，人们可以看见它们在空中奇异地翩翩起舞。它们的颜色比蚊子要暗——一种暗色水彩且一触即溃。也许鹪鹩知道这些昆虫的隐身之地。

整个鸟族部落都沸腾起来

在我们这里，只要食物充足，很多鸟儿无疑都会勇敢地面对严酷的冬天。我知道有一对蓝鸫就勇敢地度过了冬天，它们所依靠的过冬食物，也不过是少得可怜的坚硬食物或密西西比朴树结出的浆果——一种小豌豆般大小的核果，外面裹着一层甘甜的薄皮，但鸟儿所能消化的这种核果食物，很可能还不到百分之一。在12月，蓝鸫也会吃些毒葛结出的浆果来充饥，绒啄木鸟也不例外。

在某个地方，如果有一片松林或铁杉林能够提供庇护，附近又有雪松的红色浆果供应，那么知更鸟就会同我们一起过冬。在哈得孙河谷和新英格兰地区，雪松太平鸟很可能几乎找不到食物，然而，我在冬天的每个月里偶尔还能看见它们的身影。

在冬天，山雀和五子雀有时穿过树林觅食，一旦有所发现，便会招来每一只能听见它们在那个地点的喧闹之声的鸟儿——它们秘密监视着隐藏在一片铁杉树密丛中的长耳鸮。这是一天的经历中多么令人激动的事情！这让整个鸟群部族都沸腾了起来。

当我在12月的树林中散步时，从这些鸟儿中间传来了一阵乱糟糟的喧闹声和鸣叫声，吸引了我的注意力，我发现那群鸟儿都栖落在一棵铁杉树里面和周围，一共有八只或十只山雀，四五只红腹五子雀。我很久都不曾听到过这样一阵细微的齐声叱责了，那声调远远传来，让我感觉到那并不是报警声，而是表达烦恼和不愉快的声音。

我久久地沿着小路上行，悄悄进入上面那一大片黑暗浓密的绿色树林，想探明引起这场骚动的真相。山雀们像往常一样，依附在嫩枝端上，显然在忙忙碌碌地寻找着食物，还一直不停地发出尖声怨诉。五子雀则四散，栖息在树枝上面，或者在树干上面来来往往，连续不断地尖叫，表达它们的不愉快。最后，我查明了这场骚动的原因：一只小小的猫头鹰栖息在一根分枝上面，大睁着眼睛专注地俯视着我。对于这所有的吵闹，它肯定感到特别烦恼，这个家伙喜欢隐秘和安静，而那些鸟儿则在树端上吵个不停，无疑暴露了它的身份，也把它的隐蔽处暴露给了每个过路人！

我从未看见过绒啄木鸟对鹰或猫头鹰的出现而躁动不安，这很可能是因为这些掠食者很少能在绒啄木鸟冬天的居所和巢穴中捕食到它们。绒啄木鸟的巢穴一般从树干或树枝上深深挖掘进去，所以能躲避掠食者伸出的残忍的利爪和可怕的尖喙。

金冠戴菊鸟，闪动着红色的冠冕

就在我看见冬鹪鹩的那天，我还在旷野中看见了两只金冠戴菊鸟，它们在无花果树之间飞翔，发出优美的鸣叫音符。那么细小的躯体能够勇敢地度过冬天，这本身似乎就说明它们已经够出类拔萃的了。尽管这种鸟儿也频频出没于小树丛和果园，但它们主要以常青树为栖居之所。

红玉冠戴菊鸟是怎么知道自己的冠冕上有一点儿鲜艳的色彩，可以随意展示，它又是怎么知道自己的冠冕对于雌鸟魅力无穷呢？在秋天和交配季节，雄鸟因争风吃醋而相互争斗，它们往往向对手忽闪自己冠冕上的这种鲜艳的红玉色。在11月的一个傍晚，我曾亲眼看到过一场这样的表演——似乎就是这种竞争。当时我正沿路前行，在不远处的一棵苹果树上，一群红玉冠戴菊鸟叽叽喳喳，发出阵阵美好的鸣叫声，声声入耳。我停了下来，想看看究竟是什么原因引起了这些鸟儿如此喧闹。这群小鸟有三四只，都或多或少地躁动不安，尤其是其中的两只。我想，其他鸟儿的骚动也不过是由这两只鸟儿引起的，它们围绕着对方跳动，显然窥视着它们下面的什么东西，因此我怀疑墙后躲藏着一只猫什么的，于是就走过去查看，结果那里一无所有。我走近它们一看，才发现这两只鸟儿完全出神了，专注于对方。

它们的举止仿佛是在攀比自己的冠冕，两只鸟儿都在夸耀自己的冠冕。它们的头颅前倾着，红色冠片展开，好像露出了一顶鲜艳的大帽子，它们还展开尾巴，翅膀下面身侧的羽毛则蓬起。它们并没有殴斗，却在枝条中间紧跟着对方，不时稀疏地发出尖颤音符，极力展示着自己的红玉色冠冕。显然，这是集中在这种鲜艳的冠冕上的某种冲突、争夺或者对抗，在我看来，它们不过是在争奇斗艳而已。

似乎很少有人意识到金翅雀也属于冬天。夏天，这种鸟儿的色彩多么鲜艳，让人多么熟悉，而到了冬天，它们的颜色却又多么变幻无常，而且性情孤僻。它们鸣叫的音符和飞翔方式没有改变，可是雄鸟的色彩和习性却变了，与夏天大相径庭。冬天，它们聚集成松散的小型群体，雄鸟和雌鸟的色彩相似——微暗的黄褐色，常常在田野和围栏附近搜寻食物，以这些地方凸出于积雪上的各种野草的种子为食。

我日复一日观察着这一小群拥有五六个成员的金翅雀，它们在路边的月见草枯梗中间进食，擅长于从荚果中取出种子来享用。在这样的时候，它们相互传递的鸣叫多么美妙，语调的抑扬顿挫也变化无穷！

雪鹀为逃避杀手而俯冲到积雪下面

在我们冬天的鸟儿当中，似乎真正属于冬天的一部分，似乎本身就出自于飘旋的雪花，在暴风雪最密集而又最寒冷地袭来时最为快乐的，当属雪鹀。这种真正的雪鸟，其羽衣临摹了田野的颜色，在田野上，飘雪差一点就遮住了最高大的野草顶端——到处点缀着大片洁白的空间，其间又不时露出些许黑色、灰色和褐色。雪鹀叽叽喳喳地鸣啭着，那声音从白茫茫的世界传过来，十分悦耳，在所有冬天的鸟语中最为美妙，也最为欢乐。雪鹀的鸣叫声犹如儿童的笑语，猎狐人在积雪覆盖的山冈上听见它，农夫从遥远的麦秸堆抱着草料走向牲口棚时听见它，乡间的小学生在迎着飘雪上学的路上听见它。这种声音始终都传达着美妙的欢乐和满足。

有一年3月下了一场大雪，就在积雪深深覆盖着大地的时候，一大群雪鹀在我的葡萄园周围逗留了好几天，以凸出于积雪表面的美洲血根草和其他野草的种子为食。它们柔和而愉快的叫声，唤起了我对少年时代的多少回忆啊！这些雪鹀看起来那么丰满，营养那么丰足，那么勇敢，那么机警，也那么多疑！它们显然颇有对付鹰和伯劳的丰富经验。每一两分钟，它们都会像一个完美的整体一齐飞上天空，四处盘旋片刻，然后再度歇落在积雪上，偶尔有一只会栖息在电线上或葡萄藤上，仿佛时时刻刻都在戒备那些随时会不期而至的杀手。

不久，正当我站在书房前观看它们时，一只体形更大，颜色更暗的鸟儿迅速掠过我，径直朝着雪鹀们低飞而去。它在葡萄园的木架下面闪电般飞行，显然是希望去突袭那些雪鹀。这是一只伯劳，它渴望有机会大开杀戒。可是雪鹀们很机警，在这个羽族杀手就要飞抵它们之前，它们腾空而起，一齐飞到天上。当这一群雪鹀四处翱翔时，那伯劳汇入它们的阵形之中，同它们一起飞翔了一段距离，可是我能看出，此时那只伯劳已经没有了要对它们发起攻击的意图。

　　不久，伯劳就离开了雪鹀群，独自栖落到附近的一棵枫树上。现在那些雪鹀似乎也不怕这伯劳了，屡屡掠过它所栖息的树端，仿佛在向它发出竞赛挑战，随后便扬长而去。我还定期看见过这些雪鹀表现出来的另一种行为：在遭遇鹰的突袭时，它们会俯冲到积雪下面来逃避杀手。雪鹀就像地栖鸟类一样，栖息在地面上，因此积雪也肯定常常覆盖它们。

第 8 章　鸟的敌人

Bird Enemies

在鸟类的生活中，危机四伏。鸟的敌人无处不在，其中不乏同类羽族杀手：猫头鹰把利爪探入啄木鸟的巢穴，猫鹊啄破其他鸟类的蛋，牛鹂把自己的蛋强行寄放到其他鸟类的巢穴里。此外也有鼬鼠、松鼠那样凶狠的四足掠食者，还有黑蛇那样狡猾的爬行类捕猎者，更有肉眼看不见的为害雏鸟的害虫。但是，鸟类最大的敌人，莫过于"人类鼬鼠"——所谓的"收藏者"，这些家伙唯利是图，商业价值驱使他们对鸟类进行毁灭性掠夺，不仅致使许多鸟类数量骤减，还使一些鸟类濒临灭绝，在某些地区从此消失。

猫头鹰的出现令小鸟们惊恐万状

鸟儿总是把自己的敌人了解得一清二楚！看看鹟鹟、知更鸟和蓝鸫多么厌恶猫，它们追逐猫、叱责猫，却很少留意或根本不留意狗！就连燕子也要同猫搏斗一番，过于自信地依赖于飞翔的力量，有时飞扑到离自己的敌人太近之处，因此会遭到猫伸出的爪子突然一扑，成为猫的美餐。我所了解的唯一例子，就是我们的小鸟没有辨认出来的敌人——伯劳，显然小鸟们并不了解这色彩低调的鸟是杀手。至少我从未见过它们叱责或折磨过伯劳，或伯劳一出现就像它们通常责骂猛禽那样发出尖叫的警报，这很可能因为伯劳是稀客，在我们的歌手筑巢期间，在这个地区难以看到它的踪影。

但这些鸟儿几乎都能发现松鸦的诡计，在5月和6月，当松鸦偷偷穿过树林来猎取鸟蛋时，这个家伙很快就暴露了行踪，于是便遭到全面凌辱。有趣的场景就是看见知更鸟从支撑着自己巢穴的树上把松鸦推挤出去，它们一边朝松鸦冲击，一边以最大的声音鸣叫："窃贼！窃贼！"松鸦一边逃窜，一边发出近乎可怜的声音来进行还击。

然而松鸦也有敌人，也需要看守自己的蛋。要了解松鸦是否抢劫松鸦，乌鸦是否掠夺乌鸦，会让人颇感兴趣。难道在羽毛部族的窃贼中间也有尊重？我怀疑，松鸦经常遭到那些非劫巢的鸟儿惩罚。有一个季节，在一座林木繁茂的山岭边，我发现了一棵小雪松上有一个松鸦巢，里面有五枚蛋，可是全都被刺穿了，显然是某只鸟儿用锋利的嘴喙刺穿了这些蛋的外壳，其唯一的意图无非是将它们摧毁，因为这些蛋根本就没有被搬走，这看起来像是一桩报复的案子：仿佛是某只鸫鸟或者其他莺类鸟儿的巢曾经惨遭松鸦的毒手，于是瞅准机会向敌人报复。一命抵一命，一蛋还一蛋。松鸦在附近徘徊，非常拘谨，沉默无声，也很可能准备要讨伐劫巢者。

令鸟儿恐惧的巨大妖怪就是猫头鹰。夜里，猫头鹰把它们从栖息处赶走，吞食它们巢穴中的蛋和雏鸟。对于它们来说，猫头鹰才是名副其实的怪物，猫头鹰的出现令它们惊恐万状，不断发出警报。

有一个季节，为了保护我初长的樱桃免遭鸟儿的啄食，我把一只填塞而成的大猫头鹰标本放在树枝中间，我的土地周围马上就开始响起了一阵吵闹声，那种令人不快的场景简直让人难以想象！黄鹂和知更鸟提高嗓门大声尖叫，表达出了它们的惊恐。这个消息立即传遍四面八方，显然镇子里的每只鸟儿都飞过来观看樱桃树上的那只"猫头鹰"，而且每只鸟儿都啄走了一颗樱桃，令我的损失更为惨重，如果我把猫头鹰放在屋里，损失会小得多。鸟儿们伸长了脖子，带着恐怖的表情歇落在枝条上，尖叫之余，会攫走一颗樱桃，这种行为对于它们的那种暴怒的情感仿佛是某种安慰。

在隐蔽处或者围起来的地方筑巢的鸟类的雏鸟，像啄木鸟、莺鹪鹩、金翅啄木鸟、黄鹂的雏鸟发出的叽叽喳喳和啁啾声，与大多数在开阔地和暴露之处筑巢的鸟类的雏鸟的沉默形成了鲜明的对比。除棕顶雀鹀之外的雀鹀——莺、鹩、鸫鸟的雏鸟，从不允许自己发出一点儿声音，只要一听到父母的警告声，便特别安静地紧紧依偎着栖息在巢穴里面。同时，烟囱燕、啄木鸟和黄鹂的雏鸟却非常喧闹，它们躲在那深深的憩袋里，远远避开了猛禽的攻击，也许除了猫头鹰，其他猛禽只能望猎物而兴叹。我惊奇于猫头鹰把利爪伸进啄木鸟的巢和黄鹂那衣兜似的巢中，把这些鸟儿抓攫出来。在我听说过的一个例子中，长耳鸮把爪子伸进树木的空洞中，紧紧抓住一只红头啄木鸟（red-headed woodpecker）的头颅，却显然无法把猎物拉出来，于是就把自己那圆圆的头颅探进洞里，可是不知道怎么卡在那里了，它就这样送了性命，利爪上还紧紧抓着猎物。

山雀巢覆灭，鼬鼠、松鼠或老鼠难脱干系

鸟类的生活始终危机四伏，被鲜为人知的危险和灾祸包围着。有一天，当我外出散步时，我偶然遇见了一只金翅雀，这只鸟儿十分不幸，它的一只翅尖牢牢粘在自己的尾部羽毛上，被好像是某种毛虫吐出来的丝一样的东西给粘住了。尽管它没有受伤，却完全动弹不得，更无法振翅高飞。当我小心翼翼给它解开束缚时，它气喘吁吁，那小小的躯体在我的手里还是温热的，然后它发出一声幸福的鸣叫迅速飞走了。仅仅是在一个季节里，我对鸟类生活的意外事故和悲剧的全部记录，便会显示出很多令人好奇的插曲。

有一年秋天，我的一个朋友打开箱式火炉，试图在里面生火，就在那时，他在那黑色的火炉内部发现了两个被烤干的物体——两只蓝鸲的尸体。这两只鸟儿很可能是为了躲避一场春天里的寒冷的暴雨，沿着烟囱管道飞到火炉里面，却再也无法从那里面飞出去了。有一个鸟类生活的小插曲，特别令人感动，发生在一只关在笼中的雌金丝雀身上，尽管它似乎没有交配，但还是产下了一些蛋，这只幸福的鸟儿就这样被自己的情感所俘获，它把食物提供给自己的蛋，啁啾又鸣啭，好像试图鼓励自己的蛋去进食！这个插曲几乎没有悲剧性，也没有喜剧性。

有些鸟儿接近我们的房舍和外围建筑筑巢，有些鸟儿甚至在我们的室内和房舍上面筑巢，这样便可以让自己免遭敌手，然

而，它们也因此让自己暴露在一种最致命的瘟疫的攻击之下。

我提到过害虫常常麇集在鸟巢内，雏鸟还没等到羽毛丰满，便被那些害虫夺去了性命。在自然状态下，这很可能从不会发生，至少我从未看见过或听说过这种不幸的灾难降临在树上或岩石下面的鸟巢里，这是降临在靠人类太近的鸟儿身上的文明的诅咒。害虫，或者是害虫的细菌，都有可能通过雌鸟的羽毛，或者通过鸟儿在谷仓和鸡舍周围衔起的稻草与毛发，传染到了自己的巢穴中。你的门廊上或者凉亭里的知更鸟巢，因为挤满了一群群微小的害虫，偶尔也会变得十分讨厌，也令人无法忍受。亲鸟尽可能长久地阻挡这命运的潮流，可是它们却常常被迫让自己的儿女听天由命。

有一个季节，一只东菲比霸鹟在屋檐下的一块凸出的石头上筑了巢，开始似乎一切都很顺利，但到了雏鸟几乎长到羽毛丰满的时候，这个巢穴突然变得有点儿像炼狱了：雏鸟固守在那灼热的床上，直到再也不能坚持下去，就向前一跃，落到地面上一命呜呼了。

耽搁了一周或更长时间之后，我可以想象，亲鸟在这段时间里力图用它们所了解的每一种手段来把自己的身子弄干净，在离第一个巢穴仅几米远的地方，这对鸟儿重新构筑了一个巢，开始饲养第二窝雏鸟，可是新巢的命运却跟第一个巢如出一辙，逐渐变成了与前一个巢穴一模一样的痛苦折磨之床，三只雏鸟差不多可以展翅飞出去了，结果却出师未捷身先死，全都在巢中一一送了性命。亲鸟仿佛遭到诅咒，最终它们离开了这个地方。

在我们本土的白足鼠当中，我想象更小型的鸟类有一个敌人，尽管我还没有足够的证据来证明这一点。但是，有一个季节，我正观察着一只山雀的巢，但这个巢却很快在只有老鼠才能到达的位置上支离破碎了。这只山雀选择了在离房舍只有几米远的苹果树粗枝的空洞中筑巢，这个洞很深，离地面有三米多高，入口也很小，当太阳照耀在最佳位置上时，也几乎没有足够的光芒能让人辨清有六枚蛋深藏在那阴暗的洞底。当有人朝里面窥视，试图让自己的头避开光线时，这鸟儿便会发出一种奇怪的惊吓声来吓唬他。这只山雀不像大多数鸟儿那样逃离巢穴，而是试图真正发怒，目的在于把入侵者吓走。我经过重复实验，在那种小小的爆炸声从黑暗的内部传上来时，我几乎都不得不猛然缩回自己的头。一天夜里，当这只山雀的孵化工作大约完成了一半时，它的巢穴便遭到了掠夺，其入口处留下了轻微的毛发或毛皮痕迹，这让我推断劫夺者是某种小动物。一只鼬鼠（weasel）可能应该对这件事负责，因为鼬鼠有时会爬树，可是我更怀疑可能有一只松鼠或一只老鼠经过了这个鸟巢的入口，顺手牵羊，进行了洗劫。

黑蛇急速运动，试图抓住鸟儿

很可能只有极少数人怀疑过猫鹊是吮蛋者。我尚不了解是否有人指责它干过这等事情，但是它的一些怪诞和令人讨厌的行径，让它难脱干系。有一天，当我当场发现它彻底搜查一个蛋巢所干的勾当时，它的罪行便昭然若揭了。

一对最小的鹟——山鹟（pewee）的小型版本，发出"切贝克、切贝克"的叫声，一个季节里，它们在我每天都要花上几个小时来观察它们的地方筑巢。那巢穴是一种非常舒适而紧密的构造，安置在离地面大约有3.7米的一棵小枫树的分叉上。在这个季节之前，一只红松鼠在同一棵树上蹂躏了一只棕林鸫的巢，它很可能会对这一对小鹟施以同样的诡计，这让我感到非常不安，因此每当我拿着书本坐在附近的凉亭中，我就把上膛的枪放在伸手可及之处。这对小鹟生下了一枚蛋，第二天早晨，我对巢穴进行日常检查，发现里面只有一块空蛋壳的碎片了。我拿走了碎片，从精神上诅咒红松鼠这个恶棍。由于遭遇了这场不幸，这对小鹟受到了极大的惊扰，幸好它们并没有像我所害怕的那样遗弃这个巢穴，而是在多次检查了巢穴之后，又一起协商了很久，它们最后得出了结论：重新尝试，从头再来。于是，它们又产下了两枚蛋。有一天，当我听见这对鸟儿发出尖叫时，便抬头仰望，猛然发现一只猫鹊正栖息在小鹟的巢穴边沿，那个家伙正匆忙吞咽着那两枚蛋。我手疾眼快，抬枪便射，随着枪响，那猫鹊一头栽了下来，但我很快就为自己鲁莽地开枪射杀它而后悔了，因为这样的干涉通常是不明智的，结果我发现，那只猫鹊本身在我的窗口附近也筑有自己的巢，里面还有五枚蛋。

然后，这一对小鹟干了我以前从未看见鸟儿干过的事情：它们把巢穴扯成碎片，在不远处的一棵桃树上重新筑巢，在那里成功养育了一窝雏鸟。但是，巢穴在那里暴露在正午直射的太阳光下，为了在酷热时遮护自己的雏鸟，雌鸟会展开翅膀站在雏鸟上面，我们已经知道，在这样的环境下，其他鸟儿也会这样做。

猫鹊究竟在哪种程度上是劫巢者，我还没有证据来证明这一点，但是它那猫一般的咪咪叫声，还有它那种玩弄自己柔韧尾巴的行为，都暗示它具有某种不完全像鸟的特征。

巢穴的最黑暗的悲剧，很可能上演在一条蛇掠夺巢穴的时候。迄今为止，据我观察，所有鸟儿和其他动物都对蛇表现出一种特殊行为。对于蛇，这些动物似乎抱有人类也曾体验到的某种非常讨厌的情感。比如狗在遭遇蛇时发出的吠叫，往往不同于在任何其他场合发出的叫声：这是一种由警告、探究和厌恶混合而成的调子。

有一天，在离我坐着读书之处的几米开外，一场悲剧上演了：两只歌带鹀试图抵御一条黑蛇（black snake）对自己巢穴的入侵。小鸟在散步时突然碰到这一场景，它那种古怪的、审讯的调子打断了我的阅读，让我不由自主抬头仰望。歌带鹀就在那里，以一种表现出特别恐惧和沮丧的方式扬起翅膀，在一片低矮的草丛和灌木周围疾冲。我凑近一看，只见黑蛇那闪耀的身体和头颅急速运动，试图抓住鸟儿。歌带鹀穿过草丛和野草四处冲刺，试图击退蛇，它们展开尾巴和翅膀，激动地喘息，绝望地挣扎，展现出最独特的一幕。它们没有鸣叫，没有发出一丝声响，很明显，它们因为恐惧和沮丧而沉默无言。它们也没有垂下翅膀或者扬起翅膀的特殊表现，那一幕让我永远难忘。这也让我想起，也许这是蛇试图迷惑鸟的一个例子，于是我躲在篱笆后面继续观看。那对鸟儿从两边朝蛇发起冲击，企图骚扰它，可是除了保卫巢穴的勇气，它们的努力显然不奏效。每过一两刻，我都能看见那条蛇的头颅和脖子朝鸟儿扫动，那时，那只攻击的鸟会退回来，而另一只鸟则从后面重新发起攻击。蛇能抓住鸟儿的危险似乎很小，然而我还是为它们祈祷，它们如此大胆，又如此接近蛇头。那条蛇多次朝鸟儿弹跳，可是都没有成功地抓住鸟儿。那鸟儿多么可怜，气喘吁吁，哀求地扬起它们的翅膀！于是我朝着蛇不断投掷石头，蛇受到惊扰，便被迫离开，滑行到附近的篱笆旁边，但没有躲过我对它投掷过去的一块石头。我发现鸟巢遭到掠夺和骚扰，但我不知道那里面是否有蛋或雏鸟。很多天，那只雄歌带鹀都对我唱起欢悦的歌，而我自责没有在狡猾的蛇压制住它们的时候就立即冲过去施以援手。在蛇迷惑鸟的这一大众观念中，真实的事情可能很少。黑蛇是最微妙的、机警的和恶魔一般的蛇类，我只见过它嘴里衔着雏鸟和无助的鸟。

我们有一种寄居的鸟——牛鹂，这样称呼它，是因为它在吃草的牛群中间四处走动，在牛群行走时沉重的步态中抓攫昆虫，对于大多数更小型的鸟类，牛群沉重的步态非常危险，而牛鹂处之泰然。牛鹂把蛋产在歌带鹀、棕顶雀鹀、雪鹀、绿鹃和林柳莺（wood-warbler）的巢里，作为规则，它的蛋是其所寄养的巢里唯一成功孵化的蛋。巢穴的合法主人的蛋要么孵不出，要么是其雏鸟遭到这个寄生的家伙的践踏和欺诈，过早地夭折了。

鸟类最大的敌人，莫过于"人类鼬鼠"

鸟类最大的敌人，就是那些所谓的"收藏者"，他们打着科学的幌子来掠夺鸟巢和杀害鸟巢的主人。这种人并不是真正的鸟类学者，因为他们比其他人更无视和更草菅鸟儿的生命，不过是假鸟类学者而已，也不过是那种因为虚荣心和虚伪碰巧转向鸟类学的人。他们被收藏鸟蛋和鸟儿的渴望所攫住，不是因为收藏恰好是流行时尚，就是因为收藏赋予了他们一副科学家的模样。但在大多数例子中，他们的动机都是唯利是图的——他们期待出售这些从小树丛和果园里掠夺而来的"收藏品"。对于他们，劫夺鸟巢和杀死鸟儿成了自己的嗜好。他们有系统、有组织地干这件事，成为捕捉和杀害我们的鸣禽歌手的专家。在每个规模可观的镇子里，都滋生出了一个或更多的这类劫鸟强盗，在附近的乡间，这些坏蛋所能插手的每个鸟巢无不惨遭其蹂躏，他们对一窝蛋的专业术语是"一攫"，这个词清晰地表达了他们那抓攫性的、谋杀性的手指所干的勾当。他们抓攫和毁灭的是林地的生命胚芽和音乐。

我们的某些自然史刊物，竟然成了这些"人类鼬鼠"之间进行通讯联络的主要帮凶，这些家伙在他们的专栏中记录下自己对劫夺鸟巢和杀害鸟儿的开发利用。有一个收藏者充满趣味地述说他怎样"以他的方式"穿过一个果园，彻底搜寻每棵树，而且就像他所相信的那样，没让一个鸟巢留下来，他最好不要在我的果园里干这种勾当时被我当场捉住。另一个收藏者则得意洋洋地统计在一个季节里，他在马萨诸塞州杀死的一种稀有鸟类——机敏的黄喉地莺（Connecticut warbler）的数量；还有一个收藏者则述说一只小嘲鸫怎样出现在新英格兰南部，怎样被他本人和他的朋友捕猎到，那只鸟的蛋怎样被他们攫取，那只鸟怎样被杀害的过程。谁知道新英格兰的爱鸟者因为这些家伙的卑劣行径而丧失了多少东西？这些鸟儿的后裔很可能会回到康涅狄格州去孵化，而它们的后裔，或者它们的一部分，也同样如此，直到最终有一天，这著名的歌手仅仅是有规律地拜访新英格兰地区的来客，而不是常客了。

还是在这同一份刊物上，一个收藏者详细描述了他怎样用计获取蜂鸟，怎样俘获蜂鸟的巢和蛋——一种他非常骄傲的攫取。马萨诸塞州的一个劫鸟者吹嘘自己对那种灵巧的小型鸣禽——蓝黄背莺（blue yellow-back warbler）的攫取：在一个季节里，他第一次掏到两窝蛋，第二次掏到五窝蛋，第三次掏到四窝蛋，除此之外，他还掏到一些单独的鸟蛋；在接下来的一个季节里，他掏到了四窝蛋，而且还吹嘘只要有更多时间，他可能会找到更多的蛋；有一个季节，他大约在二十天里就从一棵树上掏到了三窝蛋。我听说一个收藏者吹嘘他仅仅在一天里就掏到了100窝长嘴沼泽鹪鹩（marsh wren）的蛋，另一个收藏者则吹嘘他同时掏到了30窝黄腹大金莺（yellow-breasted chat）的蛋，还有一个收藏者也声称自己在一个季节里就掏到了1000窝各类鸟儿的蛋。

在这种狂热收藏的影响之下，一门大生意发展成熟了。有一个鸟蛋交易者拥有五百多种鸟蛋，他说他在1883年的生意是1882年的两倍，而1884年又是1883年的两倍，以此类推。收藏者在收藏的范围和种类上相互竞争，他们不仅获得一窝窝鸟蛋，而且还把目光瞄准到拥有一定数量的同一种鸟蛋上，以此来显示所有可能的变种。我听说一个私人的收藏品包括12窝王霸鹟的蛋、8窝莺鹪鹩的蛋、4窝小嘲鸫的蛋等，一窝窝矮的树、高的树和中等高度的树上的鸟蛋，同一种鸟的有斑点的蛋、深色的蛋、素色的蛋、浅色的蛋，而很多收藏，正是根据这些计划去进行劫夺的。

真正的鸟类学家从不杀戮鸟儿

就这样，我们的许多鸟儿遭到猎杀而灭绝，而且这一切都是在科学的幌子下进行的，仿佛科学很久以前就因为这些鸟儿而结束了。科学衡量、测量、分割及描述鸟儿、鸟巢和鸟蛋，把它们安放在自己的橱柜里面，出于对科学和人性的兴趣，我现在请求这种大规模的劫巢行为停止下来。我以上列举的这些例子是真实的，但它们总被扔在水桶里面，没引起重视，然而，如果能够把所有事实都装进去，那么水桶就会满溢出来。在一个人发表的记录背后，几百人甚至几千人沉默不语，却像鼬鼠一样默默从事劫巢活动。

研究鸟类学的学生经常感到自己被迫夺走鸟的生命，这是真实的。"不用枪就能给所有鸟儿命名"并非易事，然而使用一台观看戏剧用的小望远镜，往往就有助于完全确定鸟儿的身份，而且不伤害那歌手，所以一旦掌握了鸟儿的习性，真正的鸟类学家就把猎枪留在家里。对这个例子的观察，可能不会得到那被称为"壁橱自然主义者"的枯燥凡人的同意。但就我自己而言，那种"壁橱自然主义者"几乎是我毫不同情的人，他与那些乏味无用的生物有关。因为他的一堆堆鸟皮，他的蛋盒，他那分裂羽毛的勤奋工作，他不仅成为鸟儿的敌人，也成为所有正确了解鸟类者的敌人。

不单是收藏者要因为我们的野鸟数量的减少而受到指责，还有很大一部分责任应该落到相当一批不同阶层的人士身上，也就是说，那些设计、制造和销售女性帽子的人，穿着上的错误趣味，对于我们那些羽族朋友都是毁灭性的打击，这正如科学上的错误取向所导致的后果一样。据说，我们这里进行羽衣更鲜艳的鸟皮的交易，源于那些设计、制造和销售女性帽子的人对鸟皮的使用，每年的交易达到了千百万张。有人告诉我说，一个从我们这个地区的猎手中收集鸟皮的经纪人，仅仅在四个月里就得到了七万张鸟皮。渴望这种鸟皮装饰是一种野蛮的趣味，想想吧，一个真正优雅的妇女或少女，戴着用我们的歌手的头皮制成的头饰出现在街上，那会是怎样的情形呢?

我们的鸟类数量遭到人类毁灭性的遏制，这一点毋庸置疑，尽管这个数字仅占其天敌施以的毁灭数量的小小的百分比，但除了那些因为天敌而灭绝的鸟儿，更应该想到的是那些由人类摧毁的鸟儿，想到正是这种额外的或人为的毁灭扰乱了自然平衡。自然原因的作用控制着鸟儿，然而收藏者和那些设计、制造、销售女性帽子的人的贪婪，却倾向于使鸟类绝种。

因私人用途而希望收藏鸟蛋和鸟的人，如果他拥有某种鸟的一两个标本就满足了，那么我能原谅他，尽管他可能发现任何收藏品都比他所想象的要不满意得多，价值也更小，然而对于职业劫巢者和鸟皮收藏者，应该通过法规、狗和霰弹猎枪来制止他们。

许多人相信，蛇能施展魔力来迷惑鸟

以前我说过，在蛇能够"迷惑"鸟这个大众观念中，真实成分可能很少，但是我的两个通讯员都向我提供了他们亲身经历的插曲，似乎证实了大众观念。其中一位通讯员在佐治亚州这样写道:

"大约在28年前，我在加利福尼亚州的卡拉维拉斯县从事伐木工作。有一天，我从营地或棚屋中一出来，我的注意力就被空中的一只鹌鹑的古怪行为吸引住了，它并不像往常那样低低向前直接飞行，而是在离地面大约15米的高处盘旋飞翔，还不断哀鸣。我观察这鸟儿，看见它逐渐降落下来，我的目光从盘旋着的鹌鹑那里垂直扫视下来，看到地面上有一条大蛇，那高扬的蛇头离地面25或30厘米，大张着嘴巴，在我极目可见之处专注地凝视着鹌鹑（我离蛇大约有9米远）。那鹌鹑逐渐降落下来，它盘旋的圈子越来越小，不断哀鸣着，直到它的脚插进蛇的嘴巴里面有5~7厘米。我朝着蛇投掷了一块石头，尽管没有击中蛇，可是落到了离蛇很近的地面上，把那条蛇给吓住了，它逐渐逃离而去。然而，鹌鹑落到地面上，显然毫无生气了。我上前把它拾起来，发现它完全被恐惧攫住了，它小小的心脏剧烈地跳着，仿佛要穿过皮肤迸裂出来似的。我把它拿在手里好一阵之后，它才飞走。然后我试图找到那条蛇，可是再也找不到它的踪影了。我无法辨别那条蛇究竟是毒蛇，还是像黑蛇那样属于蟒蛇家族的蛇。我还清楚地记得它的体形很大，而且还记得它相当缓慢地滑走的样子。因为我以前从未见过任何这样的蛇，它就在我的脑海里留下了深刻的印象，在过去了这么长的时间之后，这个插曲猛然间如状眼前，仿佛就发生在昨天。"

其实，蛇张开嘴巴是不大可能的，但它吐出的信子可能给人留下了那种印象。

另一个插曲从佛蒙特州传到我这里。作者说："1876年，当我从教堂回来时，我正越过一座桥……我注意到一条浑身有斑纹的蛇正在迷惑一只歌带鹀，蛇与鸟都在桥下的沙滩上，那条蛇不断地把它的头从一边慢慢摇晃到另一边，连续不断地吐出它的信子来。那只鸟离对手不到30厘米，双脚变换着跳跃，发出一种不满的微弱的啁啾。我看见它们慢慢靠近，直到那条蛇抓攫住鸟儿。正当蛇抓住鸟时，我翻过桥侧跳了下去，蛇受到我的惊扰，便放下猎物溜走了，我拿起那条蛇扔下的鸟儿，它当时已恐惧得不能飞了，我带着它走了整整1.6公里，它才从我的手中飞走。"

如果这些观察者非常确信他们所看见的事情，那么蛇无疑就拥有把鸟儿吸引到它们抓攫范围之内的力量。我记得我的母亲告诉我说，她在采摘野草莓时，曾经偶然遇见一只鸟围绕一条蛇的头而振翅，仿佛被魔咒镇住了。她一出现，那条蛇就低下头逃走了，那只喘着气的鸟儿随后也飞走了。我的一个邻居杀死过一条黑蛇，那个家伙吞吃了一只已经长大的红松鼠，红松鼠很可能是被蛇所施展的同样的魔力给迷住了，才丢了性命。

第 9 章　鸟的战争与爱情

Love and War among the Birds

春天是鸟类的爱情季节。雄鸟往往先于雌鸟飞抵目的地，等候雌鸟到来。与人类一样，鸟类中间的情侣争夺战也时常发生，只不过知更鸟、蓝鸲和金翅雀的求爱方式要温和一些，雄鸟之间彬彬有礼，但贸然轻率、激烈冲动的求偶者也屡见不鲜：棕顶雀、棕胁唧鹀、家麻雀和东菲比霸，它们不仅争风吃醋，有时还大打出手……

春天，鱼群在溪流中溯流而上，游向自己的产卵地，雌鱼是先驱，它们比雄鱼早一些到达目的地。而鸟类则恰好相反，雄鸟比雌鸟要先来一周或十天。雌鱼的体形通常要大一些，也要强壮一些，也许更适合领头，这在大多数爬行动物中间也有相同的情况，据我所知，在整个昆虫界也不例外，一般都是这个惯例。在鸟儿中间，我意识到唯一例外的就是猛禽。猛禽的雌鸟的体形通常要大一些，也要强壮一些，如果你看见一只身体特别大，也特别强劲有力的鹰，那么它无疑是雌鹰。但是，雄鸟率先到来并在体形和力量上领先于雌鸟的比例要高一些。

　　可是在春天，人们所熟悉的最初的鸟是雄鸟，从那个季节开始，从此有了歌唱、打斗和竞争，也有了雄鸟的数量略多于雌鸟的事实，展示出一派蔚为壮观的景象。显然，鸟类求爱并非发生在南方，配对也不是预先安排好的。我怀疑，雄鸟没有规律，没有给雌鸟留下任何线索来暗示它们在何时何地同雌鸟约会。然而，以旅鸽为例，就像水禽旅行那样，雄鸽与雌鸽一起旅行。

在鸣禽中间，只要雌鸟一到达这里，便开始做爱。迄今据我观察，知更鸟和蓝鸫通过温和而多情的接近来赢得自己的伴侣，可是某些雀鹀，特别是小小的棕顶雀鹀，似乎凭借暴风骤雨似的求爱方式来赢得自己的伴侣。如今在我们的土地上完全定居下来的家麻雀中间，也有同样的求爱行为：两三只雄鸟围攻一只雌鸟，一场有规律的混战接踵而至。那些似乎是雌鸟的大胆鲁莽的求婚者，兴奋异常，也欢闹得最为热烈，那可怜的雌鸟被拖拉、推撞和勾引，羽衣被扯掉、弄皱，那些竞争对手在对方的身上滚动，也在雌鸟的身上滚动，雌鸟竭尽全力想摆脱这种困境，似乎在对每个追求者极力强调或尖叫着："不要，不要。"它最终选择理想伴侣的因素难以辨明。我们自己的雀鹀远没有这么吵闹和喧嚣，但在它们中间，经常上演着相同的一幕幕小小的喜剧，不过方式要温和一些。当两只雄鸟发生打斗的时候，它们飞升到一两米高的空中，嘴喙相啄，飞起来，试图给对方以打击。我曾经见过两只棕胁唧鹀（chewink）面对面，以同样的方式愤怒地飞升，而它们争夺的焦点——雌鸟，则待在附近的灌木丛中，漠不关心地看着它们争风吃醋地搏斗。

刺歌雀也是一个贸然轻率、激烈冲动的追求者。它的追求是对速度的考验，雌鸟仿佛在说："抓住我，我就属于你了。"雌鸟全力以赴地急匆匆逃走，它身后常常有三四个黑黝黝的骑士穷追不舍。当它逃到草丛中藏起来，或者躲在毛茛下面，此时，一场争斗通常就不可避免了，而那些最勇敢、最持久的雄鸟才会是最终的优胜者。

大约在交配季节，金翅雀群居性的欢乐的重聚与刺歌雀这种强暴性的求爱形成了鲜明的对比。那时，附近所有的金翅雀都聚集在一棵树的顶端，雌鸟的伴侣选拔显然成了一场嗓音与歌声的竞赛。这种竞赛表现得最为友好而快乐，充满和谐与愉快。雌鸟叽叽喳喳地鸣啭，发出它们信任的"佩斯利花纹呢、佩斯利花纹呢"的叫声，同时，雄鸟身披华美衣装，鸣啭出最令人惬意的调子来。配对显然在这种聚集期间完成并公布出来，每只金翅雀都很快乐，没有嫉妒，也没有敌对状态，仅仅是看哪只金翅雀将成为最快乐的优胜者。

鸟儿中间，举行婚礼庆祝仪式和完全开始家庭事务之后，雄鸟面临着竞争的情况也时有发生。每个季节，一对东菲比霸鹟都在我的房子屋檐下筑巢，它们构筑的巢穴就在落水管的弯曲处。在过去的那个春天，一只迟来的雄东菲比霸鹟做出绝望的努力，不顾一切地试图去代替那法定的丈夫，霸占那个尚未完成的巢穴。至少在一周之内，几乎每天每时都要发生这样的争夺战。两个对手会频频打斗，掉到地面上，犹如两只狗压制对方。有一次，在它们打斗时，我靠近那两个不懈的斗士，用帽子把它们覆盖起来。我想是那入侵者最终落败了，从这个地方撤退而去。在这种争风吃醋的战斗中，有一个值得注意的特点，那就是雌鸟对雄鸟们不休的争斗全然冷漠，它继续构筑自己的爱巢，仿佛一切都没有发生，世界依然安宁祥和。几乎不容怀疑，如果入侵者在争斗中最终获胜，说不定它还会为之鼓掌，并以身相许。

最优雅的战士之一是知更鸟。我所见过的它们争斗的最优美的场面，莫过于两只雄知更鸟在早春的草丛上面相互挑战、腾跃嬉戏。它们给予对方的注意力如此彬彬有礼，而且有限，它们相互追逐，围绕对方，以交替的曲线飞行，不时还迸发出一阵阵优美的俏皮话来。第一只雄知更鸟跳跃一两米，另一只接踵而至，两只都直立着，显示出真正的军事作风，同时它的同伴则飞掠它，在它周围描绘出一条椭圆形的飞行路线，同时两者都发出一种自鸣得意的美妙颤音来，音调虽然较高，但同时又压抑着。我这个旁观者一直在疑惑：它们究竟是爱侣还是敌人呢？等到它们在转瞬间弹跳起来，嘴喙相对，飞升到空中一两米之处，但实际上很少打击对方的时候，我才恍然大悟。它们躲避对方的强行推进，每个动作又短兵相接，带着尊严的沉着，在田野或草坪四周跟随对方，飞进树林或飞落到地面上，羽衣微微展开，胸脯闪烁着，它们口齿不清，仅能听见尖声的战歌。总之，这种情形成了我在这个季节所目击到的最有礼貌、最高贵的搏斗。

当雄知更鸟做爱时，它同样体谅、恭顺，却大献殷勤。迄今为止，我的听力可以辨别出来的是，它在做爱时发出的颤音，同它面临竞争对手时所发出的颤音一模一样、毫无二致。

第 10 章　鸟类求偶记

Bird Courtship

鸟类求偶与人类求偶有惊人的相似性。蓝鸫中间有第三者插足，情敌之间竟然也发生斗殴；啄木鸟更像鼓手，用持续不断的敲击声来吸引爱侣；而金翅雀一旦披上鲜艳的羽衣，便开始求偶，举办盛大的音乐会……雌鸟选择雄鸟的因素各不相同：鸣禽中，雌鸟很可能选择最佳歌手，或者是声音最适合自己的趣味的；在羽衣鲜艳的鸟类中，雌鸟很可能选择衣装华美者；而在啄木鸟那样的鼓手中，雌鸟无疑是受到了从雄鸟的敲击声中传递出的某种特质的吸引，才许以芳心。

4月的阳光下，知更鸟的胸脯在闪耀

关于鸟类的求偶行为，有些方面不容易理解。我们容易理解雄鸟与雌鸟的嫉妒和竞争，它们相当具有人性。可是那些雄鸟，其中一些是已经交配的雄鸟，突然长长地尖叫，拍动着翅膀追逐一只雌鸟的行为，又意味着什么呢？除非它能说明一种在早期竞赛中时时显露出来的特点，这一点没有什么人性。在爱斯基摩人中间，依然可以看到这种行为：男性强行带走女性。可是迄今据我观察，在鸟儿间的这些突发事件中，雌鸟从未被带走。你可能看见六只家麻雀参加一场普通聚会，乍一看，它们似乎是聚集在水沟里或人行道上，可是如果你接近一看，就会发现在那群鸟儿中只有一只雌鸟，它搏击着，击退众多雄鸟，而雄鸟们展现自己的羽毛，尖叫着，唧啾着，全都在袭击雌鸟。雌鸟左冲右突，似乎对所有雄鸟"轻佻"的行为感到不快，可是，雌鸟的愤怒可能完全是假装出来的，它还可能会一直对自己最喜爱的雄鸟暗送秋波。

据挪威探险家、动物学者南森（Nansen）博士说，爱斯基摩少女坚决抵抗任何男性把自己强行带走，即使是她爱得要命的男人，她也毫不例外地誓死反抗。

4月下旬，我们经历了我称之为"知更鸟喧嚣"的事情。一连串鸟儿，一共有三四只，在草坪上乱七八糟地疾飞，飞到一棵树上或灌木上，偶尔也落到地面上，全都在声嘶力竭地尖声鸣叫，可是我无法辨别出它们究竟是欢乐还是愤怒。这群鸟的核心是一只雌鸟，我无法了解追逐它的雄鸟们到底是不是竞争对手。看样子似乎是雄鸟们联合起来，把雌鸟从它本来的位置上驱赶出来，可是不知是什么缘故，匹配无疑在这些疯狂的疾飞的过程中得到了确认和完成。也许雌鸟对它的求婚者一边大叫"谁先碰到我，谁就赢得我"，一边犹如射出的箭矢飞驰而去，雄鸟们也大叫着"同意"，然后就展翅追逐，每只雄鸟都争先恐后，毫不示弱，试图超过其他竞争对手。这场游戏很短暂，人们尚未得到追逐的结果，这群鸟儿就已经四散开去，消失在视线之外。

这个季节的早些时候，雄鸟发出了优美的争论声音，这成了它们主要的特征。你可以看见两只知更鸟显然是在沿路的草皮上面一起步行或奔跑：只有第一只鸟儿在奔跑，另一只鸟儿紧随其后，两者相距仅一两米，站立得非常挺直，一只鸟儿总是围绕着另一只鸟儿行进，描绘出一条弧形路线，它们向对方显示的举止多么具有尊严，彬彬有礼又多么恭敬！它们经常唱出一种尖声的美妙曲调来，仅仅在一两米开外才能听见。然后，一只鸟儿转瞬间便跳跃而起，另一只则不甘落后，它们开始战斗，嘴喙相对，爪子相对，飞到离地面一两米的空中。可是，它们通常都没有攻击对方，羽毛完好无损，一片也没有弄皱。我猜想，每只鸟儿都找到了完美的方法防御对方。然后它们再次落回地面，一如既往地奔跑、发出挑战。在4月强烈的阳光下，它们的胸脯在闪耀，两只鸟儿的神态都多么激昂而勇武啊！它们常常会像这样，在对方周围奔跑出很远。大约一周之后，当上述疾冲和喧嚣开始的时候，雄鸟们似乎进行了它们之间的所有决斗。

雄蓝鸫只有不懈追求，才能赢得爱侣的芳心

蓝鸫赢得伴侣的方式，就是凭借自己热情的注意力和诚挚的赞美，还有找到一幢已经构筑好了且质量绝伦的房子。雄蓝鸫通常先于雌蓝鸫几天来到这里，它竭尽全力，优美地大声歌唱，直到雌蓝鸫出现。等到雌蓝鸫一出现，雄蓝鸫就立即飞向它事先找好的房子或树腔，它一边朝里面窥视，一边以最具说服力的调子鸣叫出它的那些颤音来。在这样的时候，雌蓝鸫总是表现出害羞和退缩的样子，两只鸟儿的举止形成了鲜明的对比，鲜明得犹如

它们身上的颜色，雄蓝鸫色彩灿烂而热情洋溢，雌蓝鸫色彩黯淡而畏缩不前，可还不能说是漠然。雌蓝鸫可能对那房子或者树腔匆匆窥视一眼，然后发出一种寂寞的、思乡的音符飞走了。雄蓝鸫只有在追求雌蓝鸫很多天后，才能赢得雌蓝鸫的芳心。

在过去这个4月的一个星期天的早晨，这些小鸟的褐色胸脯中可能迸发出了妒火。一对蓝鸫显然已经进行了交配，决定占据一个啄木鸟的巢穴为家，那巢穴就在我书房附近一棵老苹果树的大枝上。可是就在那天早晨，另一只雄蓝鸫出现在它们周围，并且一心要把最初那只雄蓝鸫赶走，拐走它的新娘。当那两只雄蓝鸫发生冲突时，我碰巧就在附近，仔细观察到了它们的战斗场景。那两只雄鸟掉到草丛中，紧紧抓住对方，这种情形持续了约有半分钟，然后它们相互脱离，最初那只雄蓝鸫飞向巢穴洞孔，柔情地呼唤着雌蓝鸫。后来那只雄蓝鸫则怒火中烧，这简直令它难以忍受！于是它们再次扭打起来，像前次一样掉到地面上，在那里的草丛上，蓝色与褐色忽闪、混合。可是我能看见它们的羽衣完好，一片也没被撕掉，甚至也没被弄皱，它们仅仅是试图压制对方，然后再次脱离，又再次冲向对方。这场战斗持续了大约十五分钟之后，其中一只雄蓝鸫，当然，我无法认出是哪一只，就匆匆退出了战斗，飞向我在书房屋檐下面为鸟儿安置的一个鸟巢，竭尽全力施展自己的口才，劝诱那只雌蓝鸫飞到它那边去。它多么美妙地鸣啭、鸣叫，抬起翅膀飞向鸟巢入口，再次鸣叫起来！那只雌蓝鸫显然受到了极大的诱惑，它回应着，朝一棵苹果树飞翔了一半路程，朝那只雄蓝鸲凝眸。

同时，另一只雄蓝鸲尽力说服雌蓝鸲把命运托付给自己，于是就跟着雌蓝鸲飞向那棵树，飞向它的竞争对手，然后又飞回巢穴来，展开羽衣鸣叫、鸣啭，哦，多么信赖，多么柔情，多么安心！当那雌蓝鸲飞回来朝树洞中窥视时，它发出了多么美好、多么欢乐的音符！然后它就会朝里面看，闪烁它的翅膀，而且还说出一些它的竞争对手无法听见的话来。这场有声和无声的竞争持续了很长时间，雌蓝鸲对老苹果树上的雄蓝鸲的忠贞显然大大被动摇了。不到半小时，另一只雌蓝鸲突然出现了，它回应那只寻找我的书房屋檐的雄蓝鸲，同它一起飞向我为鸟儿安置的那个盒子巢穴。这是否是它们初次见面，我不得而知，可是很明显的是，那只雄蓝鸲的心似乎还专注在自己对手的新娘身上。它投身于新来的雌鸟仅仅片刻，然后就转向那棵老苹果树，抬起翅膀，随后，显然受到了身边那只雌蓝鸲的告诫，于是便重新把注意力转回来，劝诱身边的雌蓝鸲去窥视那鸟巢，还柔情地鸣啭起来。然后它展开翅膀，飞到一根更高的枝条上面，把注意力都放在自己最初的爱人身上，在它与最初的爱人之间，似乎不停地传递着招呼和问候。

这幕小小的戏剧持续了一会儿，两只雌蓝鸲便发生了冲突，掉在地面上，恶意地相互撕扯起来。然后这四只蓝鸲便从我这里飞走了，飞到了下面的葡萄园里，两只雄蓝鸲在那里再一次短兵相接，落到耕耘过的地面上斗殴，时间长得惊人，据我估计，几乎足足有两分钟之久。它们展开翅膀，形态难以辨认，死死拖拽对方，两者的褐色胸脯都膨胀起来，蓝色羽毛只遮住一部分胸脯。这一次，它们决定结束争斗，可是我无法知道谁是这场战斗的胜利者。最后，它们相互脱离，显然双方都不想在短兵相接中让事态恶化。两只雌蓝鸲又斗了两个回合，雄蓝鸲在一旁观战，当雌蓝鸲相互脱离时，雄蓝鸲发出了满意的鸣啭声，这两对蓝鸲朝着各自的方向扬长飞走了。第二天，它们再次出现在我安置的鸟巢和那棵树附近，它们似乎完全化解了之前的恩怨。究竟谁胜谁败，我不得而知，可是这两对蓝鸲从此在两个筑巢地附近住了下来，非常忙碌，也非常快活。我认识其中一只雄蓝鸲，它在3月初就出现在这里，我认识它，是因为它的鸣啭声中有一个奇特的音符——这个音符让人想起啸声。

所有金翅雀聚集在一起，举行音乐盛会

金翅啄木鸟经常闯入我的观察视线。与知更鸟和蓝鸲的配对相比，金翅啄木鸟的配对十分引人注目，它们之间似乎毫无愤怒，也毫无冲突。一两只雄金翅啄木鸟会歇落在雌金翅啄木鸟前面的一根粗枝上，施展一系列运弓法和擦刮，那样子真的很滑稽，它展开尾巴，鼓起胸脯，后仰头颅，然后朝左、朝右弯曲身体，不断发出一种奇怪然而悦耳的打嗝声来。雌金翅啄木鸟无动于衷地与它对抗着，可是雌金翅啄木鸟的这种表现究竟是处于危

险还是在防御自己，我无法辨别，但不久它就飞走了，它的一个或两个求婚者紧随其后，这场小小的喜剧在另一截树桩上继续上演。在所有啄木鸟中间，鼓声在配对中发挥着重要作用。雄鸟伫立在一根可以发出共鸣声的枯枝上，或者伫立在一幢房子的栋梁上，尽可能发出声音最高的敲击，以此来吸引雌鸟。

绒啄木鸟通常有一根特殊的树枝，它用这根树枝来大肆宣扬自己的婚姻需求。在我周围，金翅啄木鸟最喜欢的鼓是一根空洞的木管，那是一台水泵的部件，它就在我的避暑别墅上面，成了鸟巢。那可是一件出色的乐器，音调锐利而清晰。一只金翅啄木鸟歇落在它上面，发出咔嗒咔嗒的声音，从老远的地方就能听见。然后，那只金翅啄木鸟抬起头来，发出一种4月才有的长长的鸣叫，"威克、威克、威克、威克"，然后再次敲击起来。如果雌金翅啄木鸟没有发现它，那是因为它敲击得还不够响亮。可是它的声音非常悦耳，简单而原始，清晰地吐露了对4月的日子的某种情感，当我写下这些文字的时候，我还透过半掩的门听见它的敲击声从远处的田野上传过来。然后我听见一只金翅啄木鸟发出的稳定的敲击声，已经连续三天了，那只金翅啄木鸟一直在孜孜不倦地努力，试图啄穿河边的一座大冰库的护墙板，进入填充在里面的锯屑堆，在那里筑巢。

在我们熟悉的鸟儿中间，没有哪种鸟儿的配对像金翅雀那样优美。整个冬天，金翅雀身披黯淡的橄榄色羽衣，以松散的群体与我们待在一起。到了5月，雄金翅雀开始换上鲜艳的夏装，这是由表面换毛引起的。它们的羽毛并不脱落，可是它们却脱下了微暗的外衣，当这一过程仅仅完成了一部分时，这种鸟儿便具有一种煤黑的、登不得大雅之堂的外观。可是在这样的时候，我们很少见到它们，它们似乎从鸟类社会中隐退了。当金翅雀完成换衣，雄金翅雀身披黄色和黑色的鲜艳羽装时，求偶就开始了。附近所有的金翅雀都翩翩而来，大家聚集在一起举行一场音乐盛会。它们为数众多，人们可以看见这些鸟儿栖息在一些大树上面，或歌唱，或鸣叫，给人一副最为欢乐、最为快活的样子。雄金翅雀放声歌唱，雌金翅雀则啁啾和鸣叫。雄金翅雀是否能在雌金翅雀面前通过一场真正的音乐竞赛的考验，我还不得而知。但无论怎样，这个群体似乎都给人最佳感觉，毫无争吵或斗殴的迹象，"一切都欢乐得犹如婚礼钟声"，实际上，配对似乎就是在这些音乐野餐期间完成的。5月过去之前，我们就可以看见金翅雀出双入对了，一般到了6月的时候，它们便开始建立自己的家庭。我把这种配对习俗称为鸟儿中的理想求爱方式，与我们的大多数鸣禽之间发生的争吵与嫉妒形成了鲜明的对比。

我知道，金翅雀曾经一连三天冒着东北部寒冷的暴风雨，举行这样的音乐和求爱盛会。这些鸟儿全身湿透，却风雨无阻，依然欢乐、热情，恶劣的风雨并没能阻止它们的聚会。

迄今据我观察，所有啄木鸟都用敲击声来吸引自己的伴侣。雄啄木鸟在一根能够发出共鸣声的枯枝上不断敲击，宣扬自己的求爱需要，一旦雌啄木鸟适时接近，就会受到雄啄木鸟适时的追求，坠入情网，成为爱情的俘虏。披肩榛鸡的敲击也有同样的目的：人们看见雌鸟一听见敲击，便决定循声而去，羞怯地接近，然后受到雄鸟的赞美，于是配对就成功了，雄鸟很可能接受第一只主动献身的雌鸟。在所有鸟儿中间，对雄鸟的选择似乎属于雌鸟，雄鸟往往胡乱地求爱，而雌鸟则小心谨慎地选择。

雄鸟竭力施展技艺，以求爱侣青睐

松鸡与啄木鸟不同，它总是随身带着自己的鼓，它的鼓就是它那骄傲的胸脯，然而，如果没有受到干扰，它就在树林中选择某一根特殊的木头或某一块岩石，站在上面发出它求偶的意愿，但我难以弄清雌松鸡选择配偶的决定性因素。在鸣禽中间，雌鸟选择的很可能是最佳歌手，或者是声音最适合自己的趣味的；在羽衣鲜艳的鸟儿中间，雌鸟选择的很可能是衣装华美者；在鼓手中间，雌鸟无疑受到了声音的某种特质的吸引。我们的耳朵和眼睛过于粗陋，还无法把这些事情中的细微差别辨识出来，但毋庸置疑，鸟儿自己就能辨识那些差别。

同四足动物相比，鸟类显露出了更多的人类特征。它们毫不质疑地坠入情网，它们有一段求偶时间，雄鸟在这段时间里竭尽全力施展自己所能发挥的技艺，以获得其伴侣的青睐，这一点也同样毋庸置疑。我们常常观察到的是,它们当中有竞争对手和嫉妒者，一个鸟儿家庭的安宁常常受到外来雄鸟或雌鸟的粗暴干扰。当雌鸟发生冲突时，它们比雄鸟更加刻毒、恶意，也更加鲁莽、不顾一切。我们现在已经知道的是，一种鸟儿还抚养其他种类的鸟儿留下的遗孤。雄火鸡有时会栖息在它的伴侣产下的蛋上面，独自孵化和抚育一窝雏鸟。总而言之，一旦真正坠入情网，鸟儿通常采取的某些行为与人类的行为具有惊人的相似性。

马丁夫人在她所著的《鸵鸟养殖场上的家庭生活》一书中，娓娓讲述了以下这个奇怪的事件："一只显然接受了先进概念的雌鸵鸟，对丈夫毫不顺从，坚决拒绝栖息在自己产下的蛋上去孵化雏鸟，于是它那可怜的丈夫便决定不让自己的小家庭失望，自己揽下了所有事情，尽管几乎累得要命，可还是日日夜夜勇敢而耐心地栖息在蛋上孵化雏鸟，直到自己的儿女破壳而出。接着，这对鸵鸟又有了一窝蛋，雄鸵鸟便下定决心，坚决不再做孵化这样的事情了，于是它就殴打雌鸵鸟，踢踹它，让它的妻子受了重伤，差一点儿被打死，这种莎士比亚《驯悍记》中驯服悍妇的人物——佩特鲁乔似的对待悍妇的方式，产生了丈夫需要的效果，因为那妻子再也不敢反抗了，而是百依百顺，恭恭敬敬地栖息着孵化雏鸟。"

马丁夫人还讲述了另一对鸵鸟的故事：雌鸵鸟被自己的丈夫意外杀死，雄鸵鸟为自己的失手懊悔不已，对雌鸵鸟哀悼了两年多，对其他雌鸵鸟看也不看一眼。它在自己的营地上走来走去，完全陷入了郁郁寡欢。最后它才续弦，与一只羽毛最华丽的雌鸵鸟结为夫妻，殊不知后来那只雌鸵鸟犹如悍妇，十分残暴地虐待它，于是它成了最惧内的雄鸵鸟，再也不敢殴打雌鸵鸟了。

第 11 章　巢中珍珠：鸟蛋的故事

Bird's Eggs

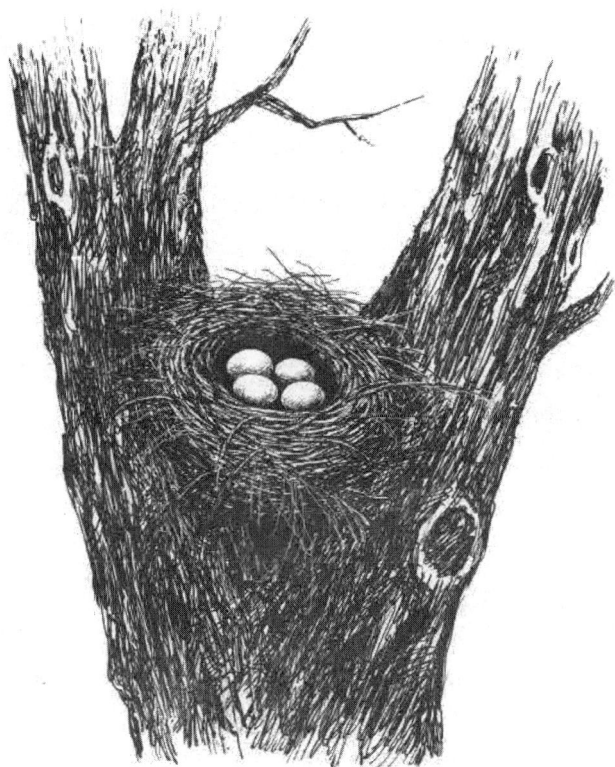

一年中，从春天的第一枚鸟蛋到秋天的最后一枚鸟蛋，大自然奉献的这些珍珠总令人目不暇接：球形鸟蛋、椭圆形鸟蛋、白色鸟蛋、蓝色鸟蛋、绿色鸟蛋、带斑点的鸟蛋……为了维护自己的蛋，圆满地完成养儿育女之大任，鸟儿之间展开的巢穴争夺战时有发生：家麻雀对东菲比霸的巢穴垂涎三尺，企图把合法主人的蛋扔出巢去，将巢穴据为己有；黄鹂筑巢完成之后，一心想不劳而获的莺鹪鹩有时会不请自来，强行挤走原住民，霸占其巢穴，在那里孵化自己的蛋；而莺鹪鹩还贼心不死，一直觊觎着蓝鸫的巢穴，无时不想取而代之，一场激烈的战争在所难免。

东菲比霸鹟的巢穴里，有几枚珍珠般的蛋

赞美鸟儿的蛋，把它留在巢里，这种克制行为要比"热爱林中玫瑰，把它留在梗茎上"明智。我们会尝试把这些蛋留在巢穴里，尽可能让鸟儿和鸟巢同它们融为一体。

春天的第一枚鸟蛋无疑是鸡蛋。家禽拥有人类为它们建造的居所，不必自动迁移，它们不像野鸟那样如此在意天气和季节。可是森林中和大草原上的雌鸟，也就是我们称之为披肩榛鸡的鸟，却通常直到季节过去了很久，等到霜降结束才开始筑巢。

纽约州和新英格兰地区的第一枚野鸟蛋，很可能是一枚猫头鹰——大雕鸮（great horned owl）的蛋，据说这枚蛋早在3月就产了下来。在开始孵蛋之前，那些猫头鹰很可能用身体覆盖着自

己的蛋，使之免遭霜雪冻坏。小长耳鸮等到4月，在一棵老树上寻找那种深深的、舒适的空腔来做巢穴，一棵腐朽的苹果树的心材非常适合做它的安乐窝。到了4月中旬，你就开始搜寻吧，这个月过去之前，在一小片枯草上，或者在一个深深的树腔底部的几片枯叶上，你将发现四枚猫头鹰的圆圆的白蛋。这些蛋常常为球形，你会期待着看见一个头颅又大又圆，睁着圆眼睛的大家伙破壳而出。

旅鸽在霜降过去之前筑巢，可是它仅仅产下两枚蛋，很可能是在连续的两天产下的，霜降的危险并不大，尽管偶尔有一场4月的暴风雪袭来，让它们中断产卵。

最早产下蛋来的鸣禽是哪种呢？在这里人们无法确定，就像人们无法确定最早盛开的野花一样。可是在4月结束之前，我就有幸率先发现了东菲比霸鹟的蛋，如果季节十分反常则例外。现在这个季节（1883年），在这个月最后的日子里，一对东菲比霸鹟来到我的房子屋檐下筑巢，把它们的蛋存放在那里面。一些家麻雀一直逗留在附近，徘徊不去，无疑是在暗中观察那对东菲比霸鹟，试图把那对鹟的蛋扔出巢去，并将巢穴据为己有。这些家伙又叫英国麻雀，绰号为"小约翰牛"，它们多么精明，也多么迅速获得了这些线索的暗示！我朝着它们噼噼啪啪扔出一阵鹅卵石，明确地警告这些家伙，只要有我在，它们的来访就不受欢迎，于是它们便匆匆逃窜而去。第二天早晨，这些不甘心的家伙卷土重来，可是胆子小了许多，畏缩不前，我又朝着它们扔出一阵鹅卵石，它们便匆匆离开了，仿佛要维护它们绰号所暗示的英国国旗的尊严，再也没有回来过。我注意到，无论我去哪里，这些家麻雀似乎都还自以为是，以为公众舆论对它们十分尊重，其实早就发生了改变，人们再也不需要它们，不欢迎它们了。

东菲比霸鹟的蛋一片雪白，当你穿越山中的某一条鳟鱼溪峡谷时，或者在某块高高悬垂的凸出的岩石附近漫步时，你的目光无意间落在这长满青苔的鸟巢结构上，它的主人以精致无比的技艺将它安置在岩石的一小块凸出的岩石上面，那里面搁放着五六枚珍珠般的蛋，你准备好宣告这是我们所有鸟巢建筑中构筑得最令人愉快的巢穴。东菲比霸鹟把巢穴筑在那里，是多么令人愉快的想法啊，那巢穴恰好在所有掠夺性的四足动物所无法企及之处，那个位置还能遮风挡雨，鸟巢主人使用青苔和地衣，让自己的家与周围的环境融为一体，完美得唯有最敏锐的眼睛才能发现。鸟蛋在岩石上茁壮成长，最脆弱的东西联系着最强壮的东西，仿佛花岗岩山的地质存在，都是为东菲比霸鹟服务的。我怀疑，牛、松鸦或者猫头鹰始终总是要洗劫这些巢穴，可东菲比霸鹟以智慧战胜了这些潜在的洗劫者——那些家伙可能从未听说过这种鸟儿在岩石上筑巢。"强劲的是它们的居所，你把它们的巢穴安置在一块岩石上。"

开阔暴露的鸟巢中的蛋，色调跟环境一致

歌带鹀有时在4月筑巢，可是它们筑巢的地点通常不在我们所处的这个纬度上。爱默生在《五月的日子》一诗中这样写道：

雀鸟温驯，露出预言般的眼，

它的巢穴编织在雪堆旁边，

然而可靠的柳条将把它的雏鸟

隐藏在披风般的叶片中间。

可是歌带鹀通常更喜欢等到雪堆消失之后才开始筑巢。尽管一位已故作家在写到新英格兰的鸟儿时说，歌带鹀有时在地面上仍有积雪的4月产蛋，可是直到最后的雪堆从田野上消失了很久以后，我才发现了一个歌带鹀的巢。

尽管歌带鹀在我们的情感和联想中留有美好的印象，但这种鸟儿其实并不美丽，它的蛋也不如其他鸟蛋漂亮——它们仅仅是四五个有斑点的小球形，犹如歌带鹀本身，与容纳它们的周边环境融为一体。

"荡妇鸟"或那种叫做棕顶雀鹀的蛋，可能是最美丽的雀鹀蛋，有一种略带蓝色的鲜艳绿色，一圈深紫色斑点围绕在大的一端上面。

总的来说，鸟儿本身的颜色与它所产下的蛋的颜色之间联系甚少。在极大程度上，处于开阔暴露的巢穴中的鸟蛋，呈现出某种与周围的环境十分协调的色调。鸟蛋上的斑点也有各种色调，但依然不那么显著。猩红比蓝雀（scarlet tanager）的蛋为略带绿色的蓝色，点缀着微棕色或淡紫色的斑点。黑鹀也产下一种略带绿色的蓝色的蛋，但斑点各不相同。实际上，构筑开阔巢穴的鸟儿最喜爱的地面颜色是略带绿色的蓝色，其主调有时是蓝色，有时是绿色，而构筑隐蔽巢穴或者在黑暗的树腔中产蛋的鸟儿的蛋，通常为白色，例如我们所有种类的啄木鸟的蛋。而蓝鸫的蛋是略带蓝色的白色。

在鹟类中间，东菲比霸鹟的巢穴最为隐蔽，至少构筑在地面之上，它的蛋呈白色，同时几乎所有其他鸟儿的蛋都或多或少带有色彩和斑点。蜂鸟的蛋呈白色，但它们的容器很微小，而微小本身就是一种充分的隐藏。另一种白色鸟蛋，则是翠鸟（kingfisher）的蛋，它们堆放在两三米长的沙洲上的一个洞孔中，那洞孔尽头有一些鱼骨，那些蛋就在上面。岩沙燕（bank swallow）也产白色的蛋，烟囱燕、白腹燕（white-bellied swallow）和紫崖燕（purple martin）也不例外。家燕和崖燕（cliff swallow）的蛋或多或少带有斑点。在英国，翠鸟（英国的翠鸟比我们这里的翠鸟体形要小一些，色彩却要鲜艳得多）、啄木鸟和岩沙燕、雨燕、蚁鴷（wryneck，与啄木鸟有关系），还有潜鸟（dipper），也产白色的蛋。

但上述规则也有一个明显的例外，那就是巴尔的摩黄鹂的蛋。也许在我们所有的鸟蛋中，巴尔的摩黄鹂的蛋最富有想象力，也特别显著。人们几乎不会期待这显著的贵族鸟巢中有一枚显著的蛋，那巢穴编织得十分精致，呈深深的口袋状，高高悬挂在枝头，用细丝与马鬃编织、束缚和固定，竟然还复制了这鸟巢所容纳的那些珍宝鸟蛋上的古怪线条和斑纹。在这黄鹂完成了筑巢之后，莺鹪鹩有时会不请自来，将其巢穴据为己有，在那里抚养自己的第二窝雏鸟。莺鹪鹩的树腔巢穴很深，也很优美，铺垫着细细的毛发，充满粗糙的细枝，就像人们要在宫殿中建造木头小屋，这小小好事者的锈色之蛋就存放在那里。莺鹪鹩也许会依附在它盒子巢穴中的小捆柴薪上，在巴尔的摩黄鹂的摇篮中养育自己的第二窝雏鸟，这样就为自己节省了寻找新居所的时间。雄鸟建造和安置第二个巢穴，雌鸟则在第一个巢穴中的雏鸟飞走之前，就开始在第二个巢穴里面下蛋。

莺鹪鹩觊觎这个巢穴，认为该自己当家做主了

现在到了8月20日，第二窝几乎羽毛丰满的莺鹪鹩在一个黄鹂巢中啁啾、鸣叫，这个巢穴悬垂在一棵老苹果树的枝条上，离我写作之处不远。这个季节的早些时候，莺鹪鹩亲鸟做出长久而坚定的尝试，试图占据一对蓝鸲居住的空腔。这个地方原来的居住者是绒啄木鸟，它在前一个秋天就挖掘了这个树腔，在那里过冬，据我可靠的了解，那绒啄木鸟早晨常常要在床上躺到9点。在春天，它去了别的地方，很可能与一只雌鸟在新的居所中开始了新生活。蓝鸲早早就占据了绒啄木鸟以前挖掘的这个巢穴，并在这里生儿育女，在6月，它们的第一窝雏鸟羽毛丰满，一一飞离了巢穴。

莺鹪鹩在附近游荡，显然觊觎着这个地方（可能到处都能见到这样的喜剧），现在它们非常自然地认为，该轮到自己占有这个巢穴了，该让自己来当家做主了。蓝鸲的雏鸟飞走一两天之后，我就注意到有一些精美的枯草粘附在那树腔的入口处。当一

只莺鹪鹩掠过我逃进一棵小挪威云杉的浓荫时，那雄蓝鸲穷追不舍，我很快就明白了发生了什么事情。一道棕色条纹和一道蓝色条纹在空中短兵相接，那莺鹪鹩本来正在树腔中打扫房间，而蓝鸲回来了，发现自己的床铺和床单都被统统扔到门外，于是就大为震怒，采取了最为果断的措施，让莺鹪鹩明白自己无意在尚早的季节里腾出自己的居所来，拱手让给莺鹪鹩。两个多星期，雄蓝鸲每天都要对这些纠缠不休的入侵者采取行动，它把大部分时间都用于驱逐莺鹪鹩，并没有占用我多少时间——我拿着书本坐在附近的凉亭中，嘲笑雄蓝鸲那非常愤怒而恶意的攻击。有两次，莺鹪鹩窜到了我正坐着的椅子下面，一道蓝色的闪电几乎在我的脸上一闪而过。有一天，正当我经过树腔巢穴所在的那棵树时，我听见莺鹪鹩绝望地尖叫，我转过身去，看见那小小的流浪者掉进了草丛，那愤怒的雄蓝鸲完全压在它的身上。蓝鸲回家，及时将那入侵自己巢穴的莺鹪鹩捉了个现行，它显然怒不可遏，对入侵者大加惩罚。可是，在草丛里的搏斗中，败落的莺鹪鹩逃到常青树上躲避，蓝鸲则展开翅膀，暂停了片刻，到处寻找那逃亡者，然后就飞走了。

6月里，我多次看见莺鹪鹩竭尽全力逃避追逐而来的雄蓝鸲，它一会儿急忙逃进石墙，一会儿逃进凉亭地板下面，一会儿又逃进野草丛，到处隐藏它那缩小了的头颅。而蓝鸲身披鲜艳的羽衣，犹如穿着制服的军官在追逐某个邪恶的、迟钝的街头小混混。莺鹪鹩最喜欢的庇护之所通常是小云杉，它一头钻进去，追击者便不会再去努力跟踪它了。雌莺鹪鹩会隐蔽地栖息在树枝中间，喋喋不休地唠叨，表达自己的斥责、烦躁；而雄莺鹪鹩则栖息在树端，监视那不断折磨自己的蓝鸲，同时还歌唱着什么。当它在这种情形下歌唱时，我无法辨别它歌唱的原因究竟是成功和嘲笑，还是保持自己的勇气，鼓舞伴侣的信心。当它的歌声突然停止，我瞥见它从上端匆匆冲下来钻进云杉，此时我通常就会看见那在附近翱翔的蓝色翅膀闪烁着。最终，莺鹪鹩只得放弃了这场酣战，快快地离开了，而它们的敌人——蓝鸲则安宁地抚养自己的第二窝雏鸟长大。

莺鹪鹩会使用如此粗糙的、难以控制的材料来筑巢，特别是当它把巢穴构筑在洞孔里面的时候——运送细枝材料和对巢穴进行调整都如此尴尬，这够奇怪的了。而它所有的同类，长嘴沼泽鹪鹩、皇苇鹪鹩（Carolina wren）、冬鹪鹩，都用柔韧的材料来筑巢。冬鹪鹩的巢穴，还有英国"詹妮鹪鹩"（Jenny Wren）的巢穴，主要是用青苔构筑的，柔软而暖和，让人啧啧称羡。

烟囱燕孜孜不倦，成天都展翅飞翔

有一天，一群蜜蜂飞进了我的烟囱，我爬上去看它们究竟飞进了哪个烟道。我在煤烟熏黑的通风口上面拉长了脖子，蜜蜂在我的耳朵周围嗡嗡漫飞。在那黑色的内部，我首先看见的是一个细枝搭成的架子，上面有两粒长长的白色珍珠，那就是烟囱燕或雨燕的巢穴，那里还有蜂蜜、煤烟、鸟蛋紧紧依偎在一起。尽管蜜蜂处于一条未使用过的烟道里面，但它们很快就发现烟囱顶端上面的无烟煤散发出来的气味太浓烈了，无法忍受，于是就离开了。可是煤烟却没能赶走燕子，它们似乎很快就完全放弃了自己原来构筑在空洞的树或树桩里面的巢穴，转而频繁出入于烟囱。烟囱燕是一种孜孜不倦的鸟儿，它们永不歇息，成天都在展翅飞翔，很可能在24小时之内可以飞行1600公里，甚至不会收住翅膀停下来收集筑巢材料，而是在飞越树端之际顺便折断干枯的细枝带去筑巢。即使把一只燕子囚禁在屋里，它也不会停息，而是一直飞到自己头脑混乱、精疲力竭，才依附在墙的一边，直到死去。

我曾经离家外出多日，一回来就发现了屋里有一只燕子，它似乎差不多耗尽了生命。当我把它从墙上移开，它的脚紧紧抓住我的指头，可是紧闭着眼睛，奄奄一息，好像正跟着它那死在地板上的同伴走上死亡之路。然而，当我把它抛进空中，似乎就唤醒了它拥有的那种神奇的飞翔力量，它径直朝烟囱飞去。从烟囱燕的翅膀来看，它似乎就像一个被剥夺了比赛资格的运动员，它的羽茎和羽衣的外观与我们的任何鸟类大相径庭，而且因为它所拥有的速度和令人惊叹的进化，它飞行的效果呆板而坚硬，它的翅膀上似乎只有一个关节，就靠近它的身体。由于这种奇特而僵硬的运动，它的翅膀仿佛是铁片做成的小镰刀，这似乎是因为主羽茎的长度和发展，以及次羽茎较小而造成的。它的翅膀似乎仅仅连接在腰部上面。家燕用羽毛来做它那粗糙巢穴的衬里，而雨燕则在光秃的细枝上开始生活，被一种类似斯帕尔丁牌黏合剂黏合在一起。

我曾怀疑，爱默生在《问题》一诗的这些诗句中，是否提过特殊鸟类："你知道在树叶以及她胸脯羽毛的/林鸟之巢那边，是什么在编织吗？"

他很可能没有提到特殊鸟类，可是通常相信某些鸟儿或家禽用自己的羽毛来给自己的巢穴做衬里，这种情况对他的说法完全有利。这种情形在绒鸭（eider duck）和我们的一些家禽当中特别真实，可是据我所知，这种情形在我们的任何小型鸟类当中并不真实。家燕和莺鹪鹩用母鸡及大雁的羽毛来装饰自己的巢穴；冬鹪鹩则采用了披肩榛鸡的羽毛。爱默生本人最喜欢的鸟儿——山雀，装饰自己的巢穴时使用了一些羽毛，然而并非它自己的羽毛。在英格兰，我注意到小柳莺（willow warbler）随意使用从家禽场地拾来的羽毛。我们的很多鸟儿在自己的巢穴里使用毛发，王霸鹟和雪松太平鸟都喜欢采用羊毛。在东菲比霸鹟的巢穴中，我只找到了唯一一片属于这种鸟儿自己的羽毛。这样的情况也许能证明爱默生这位诗人的认识是正确的。

雪松太平鸟的蛋，点缀着棕色斑点

大约在6月1日，林中地面上有一个巢穴，里面放着四枚乳白色的蛋，上面点缀着棕色或淡紫色的斑点，主要集中在鸟蛋较大的一端，发现它们，总是让散步者如此幸运，如此愉快，也如此激动。那巢穴就像地栖雀鹀（ground sparrow）的巢穴，上面有一个屋顶或华盖，那小小鸟儿的后背呈棕色或橄榄色，从你脚下匆匆惊逃而去，几乎就在枯叶上面迅疾地默默奔跑，然后转过它那点缀着斑点的胸脯来，看看你是否在跟踪它。它的行走十分悦人，是树林中迄今为止最优雅的步行者。可是，要是它认为你发现了它的秘密，它就假装出一副双腿和双翅都残废了的样子来，诱骗你去追逐它。这就是金冠鸫鸟（golden-crowned thrush），或者莺，严格意义上的林鸟，体形与歌带鹀相仿，它的冠冕上有非常黯淡的金色，可是它的心中却有最明亮的歌。我发现这种鸟儿的最后一个巢穴，是在我们寻找紫色兜兰属植物的时候。当时我和友人正沿着小径行走，突然发现离小径几步开外有两朵花，于是就俯下身子去欣赏它们，就在那时，那只金冠鸫鸟从花朵旁边一跃而出，它显然认为我俯身是在观察它，而不是那在它上面五六十厘米之处摇曳着紫色铃铛的花朵。可是，要是它固守自己的巢穴，我们就决不可能看见它。在铺盖地面的枯叶与松针的地毯垫子上，它发现了一条裂缝，于是便潜进去筑巢，枯叶与松针在它上面形成了华盖，朝南面和西面倾斜，从那两个方向降临的夏雨更为频繁。

大约在同时，如果人们彻底探索树林，就会发现上述鸟巢，偶尔还可能碰上两枚产在树叶上的古怪的蛋，它们仿佛是偶然从上面掉在树叶上的，它们为椭圆形，两端大小相同，大约有3.2厘米长，呈乳白色，有淡紫色斑点。它们是三声夜莺的蛋，这种鸟儿毫无建筑本能，更无建筑天赋，也许它那宽宽的、笨拙的嘴和短短的喙并不适用于搬运筑巢材料。它在地面和树上的表现都很笨拙，除了纵向栖息，它无法像其他鸟儿那样横向栖息在粗枝上面。

鸣禽和可作为猎物的鸟都产下两端大小不一的蛋，可是夜鸟却产下圆形或椭圆形的蛋。

有时，鸟蛋收藏者会刺激某一种鸟儿产下数量不同寻常的蛋。一个坦率得不容我怀疑的年轻人告诉我，他曾经每天都要拿走一只金翅啄木鸟的一枚蛋，通过这种方式，他诱使那只金翅啄木鸟一共产下了二十九枚蛋。蛋越来越小，到了产下第二十九枚蛋时，就仅仅像"荡妇鸟"·的蛋一样大小了。到了这个份儿上，那鸟儿便主动退出了这场有趣的竞赛。

在不同季节的鸟蛋中，形形色色，既有春天的最初一枚蛋，也有夏天的最后一枚蛋，可是人们却没有多少信心来给它们命名。知更鸟和"荡妇鸟"有时在8月养育第一窝雏鸟，可是有些鸟儿却把筑巢工作延迟到仲夏，其中有金翅雀和雪松太平鸟，金翅雀是因为等待作为食物的蓟草种子成熟，而雪松太平鸟则很可能是因为在等待某些它飞翔时可以捕食的昆虫出现。雪松太平鸟经常延迟到8月才筑巢，即使在这个闷热的月份，如果它能够找到羊毛，它就会用这种材料来做自己巢穴的衬里。雪松太平鸟的蛋有斑点，也有色彩，仿佛是白色鸟蛋上点缀着棕色斑点，然后再涂上一层浅蓝色，还醒目地点缀着略带黑色或紫色的大斑点。

雄金翅雀追赶、劝说或忠告入侵者

8月初最常见的鸟巢，则是金翅雀的巢穴，那是一种深深的、舒适的、紧凑的巢穴，两端并不松弛悬垂，它安置在苹果树、桃树或观赏性的遮荫树的小枝叉上面。金翅雀的蛋呈略带蓝色的白色。

在雌金翅雀栖息着孵化雏鸟之际，雄金翅雀很有规律地给它喂食。每当雄金翅雀一靠近，或者当雌金翅雀听见雄金翅雀的声音时，雌金翅雀便对雄鸟鸣叫，那声调最为挚爱、娇柔，犹如孩子一般，这是我所了解的栖息着孵化的鸟发出声音的唯一例子。当一个对手入侵这棵树，或者靠得太近，维护巢穴的雄金翅雀便发出同样明亮、友善和信任的声调，追赶、劝说或者忠告入侵者。大多数鸟儿的确在争斗中利用了自己最悦耳的音符。爱情之歌也是战争之歌。雄金翅雀从一个点掠过，飞到另一个点，显然在相互保证最高的尊重和体谅的情感，同时一只金翅雀对另一只金翅雀宣布，它的玩笑开得有点儿远了，这样就产生了表达温和、愉快而惊讶的效果："哎呀，我亲爱的先生，这是我的领土，你当然并不是成心想侵入，请允许我向你敬礼，并陪同你走完检阅队列。"然而，入侵者并非总是明白这种暗示，偶尔那两只金翅雀短兵相接，在空中施展嘴喙相互啄动，不断飞升，一直飞到相当高的地方，但实际上它们很少真的大打出手。

就在其他鸟儿几乎全都退出了舞台，沉寂下来，它们养育的雏鸟羽毛丰满飞走时，金翅雀变得活跃而显著。8月属于它，是它欢乐的季节，现在轮到它度过自己的节日了。这个时候，蓟草的种子正在成熟，金翅雀的巢穴也十分安宁，不曾受到松鸦或乌鸦的打扰。金翅雀总是我在早晨最初听见的鸟儿，它的鸣啭穿越空气，在那种波浪般起伏的奇特飞翔中盘旋、回转，每一次向下展翅时大声鸣叫："我们来到这里，我们来到这里！"

白天的每个小时，金翅雀都沉溺于它那盘旋的巨浪般的飞翔之中，这是它用悦耳的音乐表演出来的一部分。在这样的时候，它的飞行路线是一条深深波动的线，犹如夏天大海长长地滚动，浪峰之间或浪谷之间的距离很可能有九米，它仅仅在向下的曲线上展翅一拍，便产生了这段距离。当它迅速展翅，翅膀便赋予它一种强烈的向上冲动，它紧紧收起翅膀，描绘出一个长长的弧形。就这样，它像海中的海豚一般沉下又上升，上升又沉下，穿越夏天的空气，沿着自己的路线飞行。与这种技艺形成鲜明对比的，就是它在空中沉溺于短暂的纵声歌唱时的飞翔方式。现在它水平地飞翔，宽宽地展开翅膀，它的双翅几乎浑圆和凹入得如同两片贝壳，慢慢在空气中搏击。如今它唱出的歌成了它生活的主要内容，在使用翅膀时，也仅仅是为了让自己保持飘浮，同时也以此来运送自己。在其他例子中，飞翔是关注的主要所在，而嗓音则纯粹是飞翔的标点而已。

除了松鸡的蛋，我不熟悉秋天的鸟蛋了，尽管某个老农夫告诉我说，几乎每年9月，他都会发现一个盛满蛋的鹌鹑的巢穴，可是任何鸟类在秋天生下来的后裔，都迟迟才开始生活、成长，因此生存机会对它们就不那么有利了。

第 12 章　季节的七弦琴：鸟歌的故事

The Songs of Birds

鸟歌是造物主的杰作，当你走过田野或走进山林，总会听见四周响起那婉转奇妙的声音，不绝于耳。为人类所不能及的是，鸣禽每天都可以连续不停地重复歌唱一组歌，这是因为它们的发音器官中有一种奇特的构造——鸣管。在繁殖季节，那美妙的歌声象征着求爱，为了争夺自己钟爱的伴侣，两只或多只雄鸟可能还会举行竞赛，在这种"决斗"中一决高下。但同时，鸟歌也是战争的标志，当鸟儿纵声歌唱时，很可能就是在发出挑战，预示着自己已"濒临战斗"。

歌唱的鸟，都有奇妙的音乐结构——鸣管

动物生活中最值得我注意的一件事，就是鸟儿的歌唱了。也许昆虫的那种小提琴似的演奏也同样值得注意，可是那种演奏却与生物学的关系更为密切。但无论怎样，鸟类与昆虫的音乐演奏的起源无疑相同。那么，我们将怎样来解释鸟儿的歌唱呢？它与人类的歌唱到底有没有类似之处？它是否意味着某种特殊的结局？它似乎在表达欢乐，它是在表达欢乐吗？它是要取悦雌鸟并博得其欢心吗？

最令人确信的是生物学家们所谓的第二性征（secondary sexual characteristic），因为这种特征属于繁殖季节，与这个时候飞临而来的雄鸟鲜艳的羽衣有联系。可是雌鸟很少注意或根本

不注意这一点，这样的情形就说服了我。迄今为止，它仅仅有助于构成雄鸟的其他附加品质的总和，而那些附加品质则是雄鸟的特征，比如装饰性附加物、鲜艳的色彩和常常好斗的性情，人们认为这些统统与雌鸟有关。人类感觉到雌鸟被征服、被支配，其实在鸟儿当中，雌鸟并不那么容易被战胜，它愤恨求爱，常常对想给予它爱抚的雄鸟实施打击。最终决定雌鸟选择自己钟爱的雄鸟的因素，可能尚难以定论，尽管这一决定性因素似乎是雄鸟选择爱巢地址的活力，当然，这种活力会再次表现出雄鸟多方面的征服特性。积极的躯体始终会支配消极的躯体，简而言之，那就是雄鸟支配雌鸟的原因。乡间的孩子所不曾发现雌雀鹀、知更鸟或蓝鸫的情况，难道就是这些雌鸟在它们的雄性追求者发生争风吃醋的战争时冷漠地袖手旁观？如果这些雌鸟暗中希望参战的双方都获胜，那么它们完全拥有把这种情感隐藏起来的技艺。总而言之，只有获胜者才能获得奖励。

鸟儿的歌唱与人类的歌唱没有相似之处，既不是为了愉悦自己，也非愉悦他人，显然至少源于两个事实：其一是嗓音有缺陷或发音半清晰的鸟儿跟发音器官正常的鸟儿一样，快乐而持久地歌唱。在隐夜鸫、刺歌雀和畜棚场地上的小公鸡中间，我目击到有这样的例子存在。生活在林中和牧草地上的鸟，相当忽视自己的那种分裂性的鸣啭，小公鸡昂起脖子，让肺部充满空气，像它挑战的大公鸡那样，再三骄傲地啼叫报晓。然后，鸟的歌声的季节性和自动性特征，还有鸟儿的坚持不懈，让它们的歌都有别于所有人类的歌唱表演。

如果人们要像鸟儿一样，尽可能一百次反复使用自己那汩汩如流水的嗓音，那么他们的嗓子很快就会变得沙哑，可能连话都说不出来了。男人的声音器官，至少是嘴巴，是由相当不同的材料构成的——上腭和柔软而灵活的唇舌，而鸟儿却只有坚硬的角状舌头和嘴喙。活跃的鸟儿的唱歌器官与人造之鸟的唱歌装置没有多大不同，你给人造鸟儿上紧发条，它就会像真鸟一样歌唱和颤动。鸟儿的音乐盒称为鸣管，由坚固的软骨环构成，它的软骨环具有抗疲劳性和抗磨损性，而且似乎并不比马口铁制成的哨子差。好几个月，鸟儿每天都要重复上百次歌唱，这对它似乎没有什么影响。所有歌唱的鸟儿，所有高声鸣叫的鸟儿，都拥有这种在气管中被称为鸣管的奇妙结构。

我们的红头美洲鹫（turkey buzzard）没有鸣管，所以就发不出声音，也许造物主不敢让这个不洁的、喜欢暴食的家伙说话。造物主似乎把更多的自由赋予了鹰隼，因为鹰隼的嗓音具有更高贵的野性。然而，我不太清楚造物主到底出于什么动机，竟然让一种相当高贵的鸟——欧洲鹳（European stork），也没有嗓音。要洞察造物主的这种自相矛盾的真实意义，的确很不容易。看看他把一个多么响亮的嗓音赋予了青蛙吧，而同时又让乌龟哑默无声！瞧瞧那些喧闹的蟋蟀和蚱蜢，那些沉寂无声的蛾子和蝴蝶，发出啸声的旱獭以及默默无声的臭鼬（skunk）和豪猪（porcupine）！

每隔8～10分钟，那只歌带鹀都要重复每支歌

这个寒冷的7月的早晨，8点左右，我坐在门廊上，天上正缓缓下着雨，在我前面的道路那边的一棵枯死的李子树顶端，一只歌带鹀婉转地歌唱着。它以每分钟五次的速度重复自己的歌声，但大约从4点钟开始，它就这样歌唱，几乎不曾停歇。这是7月中旬，可是这只鸟儿从4月以来就一直这样歌唱。这个季节（1917年）已经很迟了，我想它的伴侣仍然在孵化雏鸟。对于歌带鹀，这是一件再寻常不过的事了，它有五支不同的歌，它的停顿没有规律，从一支歌变换到另一支歌。这种变化十分显著，如同那在你的窗前一一演奏他准备好的节目的手风琴演奏者。每隔8～10分钟，那只歌带鹀都要重复每支歌。我们称它为"杜尔基太太"，因为在它的一支歌的最后一个乐句中，它吐字清晰，这样说道："杜尔基太太。"

那只歌带鹀一生从事的主要工作似乎就是唱歌。每天从日出到日落，有五分之四的时间，它都栖息在那棵老李子树顶端，表演自己的音乐节目。维持生计似乎很少占用它的时间，如果它的伙伴来访，或者想以什么方式来为伙伴的康乐和安宁做点儿贡献，它就冷不防地展开歌喉唱了起来。每支歌由六七个音符组成，要花两三秒钟进行传递。它间或抖掉身上的雨珠。远处，我隐隐约约听见另一只歌带鹀在举行一场类似的音乐会，可是它的歌却与众不同，确实，我深信每只歌带鹀都有一组独特的歌。

在我的房子上面，有一座小山，小山上有大片的山毛榉和枫树林。日复一日，无论是烟雨蒙蒙，还是阳光明媚，我每天都听见一只猩红比蓝雀在那里纵声歌唱，一天中，几乎每个时辰，它都重复着自己的歌声，可是它的歌却没有歌带鸫歌声中的那种变奏。有时，它从自己深藏在森林中的隐居处飞下来，落在我们附近的一棵苹果树的枯枝上歌唱片刻，比起它嗓音中的颤音来，它那猩红的羽衣更为显著。它短暂来访，很快又飞回到它在枫树上的隐居处，由于距离较远，它的歌声因此就显得圆润起来。可是那老李子树上的小小歌带鸫却没有隐蔽的地方可逃，于是早晚持续不停地歌唱，在这片辽阔的乡间孤寂中成了不争的事实。你无法忽视它，那歌声犹如钟声一样坚持不懈。你早晨起床之前，它10次、100次……一次次把它的歌声变奏送入你的耳朵里。整个上午，它都孜孜不倦地重复着自己的那些歌。在这深深的沉寂之中，这些歌声显得十分响亮，向你的注意力挑战，让你几乎濒于愤怒。到了下午，它的歌声略有减弱，可是在黄昏降临之际，"杜尔基太太"的歌声是我们一天中听见的最后的声音，没有昆虫的唧唧鸣叫，也没有其他声音，那小小的歌手让倾听的世界都集中到自己的歌声上面。

雄鸟歌唱，是向自己钟情的雌鸟致意

我再次遇到的问题是，促使鸟儿歌唱的情感或冲动，与促使人类歌唱的情感或冲动完全相符吗？歌唱能给予它们的伙伴以快感吗？那歌声表达了歌唱者的欢乐或幸福吗？要不然这就是雄性原则的一种天生的无意识的表现——繁殖本能的剩余或过剩，比如雄鸟通常鲜艳的色彩和奇异的姿势？在雏鸟孵化出来之后，雄鸟的这种歌唱将开始减少，到9月前不久便完全停止了。鸟歌的潮汐通常在6月达到顶峰，在7月初开始退潮。在这个时候，刺歌雀对雏鸟的担忧和焦虑给它的那种嬉戏玩耍的天性投下了阴影，它仅仅一阵阵唱歌，且歌声很少。

当我沿着一片牧草地边缘的道路前行，那里有一对刺歌雀，它们表现出来的激动都引人注目：这两只鸟儿尽可能向路人大声歌唱，把自己的那些热切期待长大的雏鸟隐藏在那一蓬牧草中。它们在空中盘旋，发出警告的音符，如果我在附近停下来，那只雄鸟就受到很大刺激，不时在它那迅速发出的责骂似的音符中发出少许的歌声来，它收起颤动的翅膀，停止了欢乐的水平飞行，而此时雌鸟则取而代之，匆忙、陡然、急动地飞行，似乎始终心情很糟，紧张而匆忙，与那多么溺爱它的雄鸟大相径庭。雄鸟歌唱得入迷，可雌鸟似乎充耳不闻——那歌手似乎在孤芳自赏，而且还为自己的表演而骄傲。（惠特曼说："这支歌是献给歌手的，而且最频繁地回到它那里。"）

在各种鸟儿当中，这种情况确实相当普遍。雌鸟的耳朵缺乏音乐细胞，雄鸟的歌声并未让它们着迷，却让它们烦恼。瞧瞧吧，如果院落中的母鸡的耳朵受到了刺激，它们也会摇头抗议，当小公鸡弓起脖子，对全世界发出它那刺耳而又自满的挑战时，很可能就是这种情况。各种鸟儿的雌性比雄性更反对噪音，更少自作主张，但如果雏鸟处于岌岌可危的境地，其反应程度往往会超过雄鸟——即使在植被王国里，雌性的本能是胆怯而默默的。而雄鸟则相反，更为卖弄炫耀，更为好斗，至少在繁殖季节里是这样。鸟儿的歌唱属于这个阶段，我认为，它们的歌唱不过是向自己钟情的雌鸟致意，而不是向全世界致意。

这是自然创造力的赞美歌和庆典。这些色彩，这些饰物，是它服饰上的闪烁。它们是额外的点缀，是"增长与繁殖"这一最初指令的欢乐精神的证据——整个自然本质上最明显的目的。鸟儿歌唱，公鸡啼叫报晓，狂奔的火鸡咯咯叫唤，草原松鸡（prairie chicken）发出低沉的声音，啄木鸟敲击，青蛙呱呱鸣叫，鹤发出喇叭似的声音，牡鹿发出深沉悠长的声音，公牛咆哮，昆虫发出演奏小提琴般的声音——伟大的管弦乐庆典中，所有原始、冲动的乐器。

蓝鸲不是美妙的歌手，声音却很柔和

白天，在那只歌带鸲歌唱的同一棵李子树上，时时刻刻栖息着两只蓝鸲，它们忙忙碌碌，喂养着自己那些躲藏在树腔中的孩子，在它们来到这里之前，一只啄木鸟在我家门廊角落的一截枫树桩上挖掘了那个树腔。那两只蓝鸲并没有歌唱，却似乎在以柔

和的鸣啭交谈，用温和的翅膀姿势来向对方发出信号。它们没有留意那歌唱的歌带鹀，而歌带鹀也没有留意它们，可是它们却经常怀着恶意朝那只"荡妇鸟"俯冲——每当那个家伙飞到它们雏鸟下面的草丛中干私事时，它们便毫不留情地冲了下去。

蓝鸫并不是知更鸟或雀鹀那样的歌手，可是它却是我们这里声音柔和得令人惬意的鸟儿，它通过各种方式让所有乡下人都对它产生了钟爱之情。早在生物学划分的时代，它显然是鸫鸟的一个分支，它还继承了鸫鸟那种柔和的声音、令人愉快的举止和行为方式，却没有继承鸫鸟的音乐天赋，因此作为补偿，造物主就赋予它特别的色彩。

在这里，我们发现鸟儿生活中例外的事实：不善于歌唱的鸟儿，比如我们的蓝鸫，我们的雪松太平鸟，我们的五子雀，我们的王霸鹟，还有其他鸟儿，都发出或多或少令人悦耳的鸣叫，然而它们都不是深思熟虑的鸣禽。我现在想起，在我们这里的任何一种小鸟中，雪松太平鸟的声音最小，它唯一的音符是一种美好的、珠圆玉润般的声音，它通常在飞翔时发出这样的鸣叫来。迄今据我观察，一接近它的巢穴或者雏鸟，除了显露出压抑自己的羽衣，呈现出一种非常僵硬而率直的姿态，它并没有流露出其他受到刺激的迹象，这种姿势确实赋予了它一种野性的、受惊的外表。

我们的啄木鸟并不歌唱，可是相反，它们却敲击那发出共鸣声的枯枝形态的鼓，这似乎表达了相同的繁殖本能。金翅啄木鸟常常发出长长的、重复的鸣叫，用自己发出的敲击声来改变这种鸣叫，成为春天最受欢迎的声音之一。所有啄木鸟当中，黄腹吸汁啄木鸟（yellow-bellied woodpecker）的敲击声最不同寻常：在自己的啄动中，它传递出五声敲击，其中三声迅疾，之后的两声之间有较长的间隔。这种变奏让人感到它还有一点点艺术感。我从未听见过北美黑啄木鸟（pileated woodpecker）和象牙喙啄木鸟（ivory-billed woodpecker）的敲击声。

所有鸣禽的歌唱都具有机械的规律性和持续性，就像是在某个时刻被上紧发条后发出声音并持续一段时间的乐器。我知道，在繁殖季节，鸟儿每天或每夜都要成百上千次重复自己的歌。

每天早晨散步时，我都听见一只栗肩雀鹀栖息在牧草地边的一棵棘刺树顶端，以每分钟七次的速度重复自己的歌，我能察觉到，它的歌声中毫无变奏。一天早晨，当我数它的歌声速率时，它没有改变自己的位置就突然停止了歌唱。一抬头，我看见一只大型苍鹰刚刚飞出树林，一路上升到270多米的高空。当那只翱翔的鹰飞走，消失在树林后面之后，那只栗肩雀鹀才继续歌唱。红眼莺雀（red-eyed vireo）在附近的树林中重复自己的歌，它的速度更为迅疾，乐句中几乎察觉不到间断。这只鸟儿像莺一样，一边进食一边歌唱，几乎整个夏天都保持着这样一种连续不断的愉快音调，相当接近那些歌声终年不绝的鸣禽。

于是我推断，鸟儿的歌唱与人类的歌唱很少有或者根本没有什么相似性。鸟儿的歌唱限于某一种性别和某一个特殊季节，仅仅是在自然现实中的一种过剩的普遍冲动。

鸟儿的歌声，也是雄鸟的战争标志

为了保护自己的雏鸟，鸟儿显示出某种比它们的歌声更接近人类情感的东西。它们那种不合时宜的报警预兆经常泄露自己的行踪，可是，如果它们处于巨大的悲哀之中，就显得非常具有人性。

昨天，我听见从我的房子前面的果树和遮荫树上传来一阵巨大的骚动，我抬头仰望，便看见一只乌鸦匆匆逃走，嘴喙里还衔着一只羽毛尚未丰满的知更鸟雏鸟，一群愤怒的鸟儿跟在它的身后高声鸣叫，穷追不舍。一对知更鸟极度痛苦地尖叫，那只乌鸦掠走了其中一只知更鸟的孩子。这是一种在压力下发出的普通警报，由于过于激动，以至于成了一种尖叫，犹如一个人类的母亲看见一只鹰或者一只狼叼走自己的孩子时可能会发出的声音。我想，几乎不容怀疑这些例子极为相似：那些知更鸟显然就像人类在相似的情况下所体验到的那样，也体验过我们应当称为痛苦的情感。很大的不同是，对于鸟儿，它们很快就遗忘了这种不幸的痛苦事件。天生的本能遭到凌辱，当时那些鸟儿反应激烈，可是犹如分开的水一样很快就合拢了，损失被遗忘了。我们知道，对于人类母亲，决不可能很快就遗忘自己经受的痛苦。鸟儿迅速遗忘，遗忘损失雏鸟或伴侣通常仅仅是一天的工夫，损失者很快会找到新的伴侣，而且很快就会养育另一窝雏鸟。

野生动物都处于大自然的绝对法则之下，不会把时间浪费在怜悯和后悔之中。只要是幼崽的安宁和康乐需要，父母的情感就会继续下去，持续得更久一些。几周前，在我的门廊角落里抚育自己的后代的蓝鸲，遣散了自己早些时候养育的那窝雏鸟，再也不用担心自己的孩子的安危了。经历这个世界的重重危机，坚持到最后，不浪费时间去悲叹自己的失败，这是大自然没有写下的法则。

有群集本能的鸟儿，有时会举行合唱音乐会。在我们的鸟类中，我知道表现出这种习性最恰当的例子非金翅雀莫属。在春天，它们举行音乐大合唱——一种常常要持续好几天的盛会，其间似乎有歌咏竞赛。但对于我们的大多数鸟儿来说，歌声是雄鸟的一种战争标志，当它们展示歌喉，如果不是挑战，那么就肯定预示着自己处于"濒临战斗"状态。对于其他雄鸟，这无非是它发出的这样一种通知："田野上的这个小树丛或这个角落，是我的领土，我决不容忍侵犯者。"

我上面提到过的那只猩红比蓝雀，几乎连续不断地歌唱，它的战争标志几乎随时都会展开。这个早晨，我听见它的一个对手在下面那片树林中歌唱，离我有270~360米远。两只鸟儿似乎在忙碌于一场歌咏竞赛。不久，树林中的那只猩红比蓝雀便飞到牧草地的一棵枫树上，仿佛在说："我将在中途迎击吹嘘者。"它的对手则毫不示弱，接受了挑战，飞到靠近牧草地的林边。那挑战的歌手很快就发现压力太大了，当我再次仔细观察时，我看见那两只鸟儿在空中匆忙飞翔，翻筋斗，飞扑下来，相互追逐，这似乎是一场"没有胜利的和平"，两只鸟儿很快就收兵回巢了，回到自己的领地上，庆祝自己的胜利。在这个季节，在各种雄性动物中间，这样的歌咏竞赛和冲突屡见不鲜。

人们认为鸟儿中间没有二重唱，或者四重唱，或者六重唱。每个歌手都需要至少一个完全属于自己的听众世界。如果同类中的其他歌手侵入了自己的领地，那么它便会心生嫉妒。像金翅雀和白头翁（grackle）那样举行合唱的鸟儿则属例外。我没有观察到知更鸟举行这种歌咏竞赛，可是知更鸟之间的争斗却频频发生，它们肯定发现了太多其他惹恼自己的挑衅。

在歌唱季节，关在笼中的鸟和未交配的鸟显示，歌唱的冲动属于伟大的孵化季节的一部分，这种冲动贯穿所有动物的青春期，有着缤纷的花朵、飘动的羽衣，还有那么多生命形态所赋予的额外饰物和附加物，都是为了"增长和繁殖"而完成最初的支配。

第 13 章　老苹果树上的众鸟之家

Bird Life in an Old Apple-Tree

如果你的院落中伫立着一棵老苹果树，那么你就有福了：那里是众多鸟儿安家的乐园。在苹果树下，你可以大饱口福、眼福、耳福：随时尝到伸手可摘的苹果，或欣赏鸟儿们在树上打斗和嬉戏的欢快场景，或凝神谛听那沁人心脾的阵阵鸟语，或探究树腔中鸟巢的秘密，抛却烦恼，让自己彻底融入自然，幸福一生。

雄蓝鸲扭住绒啄木鸟，在树上撕打起来

在我的书房附近，曾经伫立着几棵老苹果树，它们结出过累累的苹果，但更重要的是，它们的枝头栖满了鸟儿。每一年，这几棵老苹果树都成了鸟类活动场所，展现了鸟类历史的一个个场景，成为许多乐趣和消遣的源泉。如果年轻的苹果树最好是结苹果，那么老苹果树当然最好是供鸟儿栖息。如果苹果树衰老不堪，又长满了空洞的枯枝，那么它们在冬天和夏天必将成为鸟类的栖息地。绒啄木鸟只喜欢那易碎的处于半睡眠状态的老苹果树树干，在那里可以挖掘自己的冬天之家。我的老苹果树大多都倒下了，只剩下一棵，而这个幸存者也很可能有80多岁了，恐怕它无法撑到下一个冬天。它的躯干只剩下一副皮包骨，其外壳仅约

2.5厘米厚，早在很久以前，它那黑色的心材和内部结构就已发霉、腐烂了。但老树不像老人，只要它还活着，它的内心就总有年轻的条纹，或者说是年轮。可以这么说，它佩戴着一条永恒的青春腰带。

然而，我的老苹果树总是为我开出许多桂竹香花，而且还孵化出了至少12窝大冠蝇霸鹟以及为数众多的知更鸟和蓝鸲。它支撑着自己腐朽的大躯干，在我生活在这里之前，就有人锯掉了它的顶端，如今，在1月12日，一只绒啄木鸟在这棵树的内部筑巢。几年前，一只绒啄木鸟在这根枝条上挖掘了一个隐居之处，在接下来的季节里，蓝鸲翩然而来，将巢穴据为己有，从那时起，蓝鸲几乎每个季节都占据着这个巢穴。最初的时候，当蓝鸲在春天探索这个树腔巢穴时，我猜想它们并没有发现那绒啄木鸟在家，因为啄木鸟是早起者，在蓝鸲发现它之前就早早外出了。

一天下午，我碰巧经过那棵老苹果树，看见蓝鸲再次探察那个巢穴，这次它们发现绒啄木鸟在家，那雄蓝鸲便非常愤怒，我猜想它把无辜的绒啄木鸟这个原住居民视为入侵者了。于是雄蓝鸲便扭住绒啄木鸟，在树上撕打起来，然后掉到地面上，那浑身有斑点的啄木鸟被它的对手的蓝色羽衣遮盖了，一边大声鸣叫，一边尽可能迅速地逃离现场，脱离战斗，可是那只雄蓝鸲却不依不饶，还是把它的一两片羽毛给抓了下来。尽管人们可能会这样认为，绒啄木鸟既然具有能在树干上挖掘出洞穴的嘴喙，那么它在面对嘴喙柔软的蓝鸲时完全有能力保卫自己，但实际上它徒有虚名，显然还不是真正的斗士。

有两个季节，不速之客——家麻雀把蓝鸲撵了出来，自己取而代之，可是我又把家麻雀撵走了，我把它们用雌鸟羽毛构筑的铺垫被扔了出来，邀请蓝鸲回来居住，在后来的那个季节里，蓝鸲归来了。

如今绒啄木鸟在树上新挖掘了巢穴，那个位置就在它的老巢之上，靠近树桩顶端。啄木鸟的巢穴通常在树干上挖掘到15~20厘米的深处，可是在目前这样的情况下，它无法挖掘到10厘米以上的深处，不然就会凿穿到它以前的那个老巢了。绒啄木鸟似乎考虑过自己的新居所在的特殊位置，因此小心翼翼地向前挖掘着自己的新巢。昨天夜里我经过它的新巢穴时，我认为它的新巢即将竣工，那巢穴下面肯定至少铺垫着2.5厘米厚的木屑。白天的大部分时间它都在努力工作，掘出的黄色木屑散落在下面的积雪上。我多次驻足观察它的工作进展，当它掘出的木屑逐渐堆起来时，它就停止挖掘，把那些堆积的木屑扔出来。它用嘴喙来完成这项工作，头颅不断摆动，非常迅速地把那些木屑统统都抖出来。每次我都看见它的嘴喙中衔着木屑，一直在我的视线中，缩回头颅，又伸出头颅来，仿佛它从脚下抓住那些碎片扔出来。如果它有同伴，那么我可能会认为它的同伴也在那巢穴底部劳动，把那些木屑递给了它，也许它把木屑堆积在自己的家门口。

毛啄木鸟（hairy woodpecker）和绒啄木鸟，通常都在秋天为自己挖掘这些冬天的隐居之处。它们在这样的巢穴里面过夜，如果白天有狂风暴雨，它们也躲在里面。迄今据我观察，它们在接下来的一个季节并没有使用这些巢穴来作为抚养后代的地方。昨天晚上，接近日落时分，我轻轻叩击那棵老苹果树的树干，那绒啄木鸟探出头来，用惊讶而探询的目光看着我，然后在我继续前行之际又把头颅缩了回去。

我曾提到过有很多窝大冠蝇霸鹟在那棵老苹果树上养育长大。大冠蝇霸鹟可决不是一种普通鸟儿，尽管它在鹟类当中最为笨拙，唱出的歌也最难听，可它却是许多害虫的强劲杀手，我以友好的目光对待它。其实，在花园和果园的其他鸟类当中，它似乎颇像一个野蛮的家伙，发出一种刺耳的、青蛙般的尖叫，其形态和风度也与那叫声吻合——它穿着一件灰胡桃似的棕色外衣。它寻找蜕下的蛇皮来编织自己的巢穴；如果找不到蛇皮，它就会用洋葱皮、油纸或大片鱼鳞来编织巢穴。它把巢穴构筑在树腔里面，养育出一窝幼鸟，但在这个季节还很早的时候它就离开了，在8月1日之后，我就再也没有见到它的身影，也再没有听见它的歌声了。

大冠蝇霸鹟立即展翅，扑到入侵者身上

很多年来，一对大冠蝇霸鹟都把巢穴构筑在我的老苹果树的一根空洞粗枝上。这是否是同一对鸟儿，我不得而知，我猜想很可能是同一对鸟儿，要不然就是以前那对大冠蝇霸鹟的后代。有一天，当那雌大冠蝇霸鹟还在巢穴上面，但尚未产下蛋来时，我朝树腔里面窥视，那粗枝的幽暗深处突然传来一阵爆炸似的声

音，就像一只受到惊扰的猫发出的。那声音让我把自己的头猛然抽回来，同时，巢穴里面的那只雄鸟匆匆钻出来飞走了。很多天我再也没有看见那对鸟儿了，我害怕它们放弃了这个巢穴，可它们并没有放弃，它们仅仅是比往常要胆怯一些，所以迟迟才回到巢中。很快，我就在巢穴中发现了一枚蛋，然后又不断发现它们新下的蛋。

有一天我站在老苹果树附近，一只雄蓝鸲带着伴侣飞来，为构筑第二个巢穴实地探查合适的地点。它歇落在这个洞孔门口，朝里面窥视。那大冠蝇霸鹟怒不可遏，立即冲出来扑到入侵者身上，它的灰胡桃似的棕色笼罩了蓝鸲的蓝色。两只鸟儿在树上撕打起来，又落到了地面上，蓝鸲不是对手，便匆匆逃走了，可是不一会儿，那家伙卷土重来，朝洞孔里面窥视，仿佛在说："我现在将顶着一切危险朝那个洞孔里面窥视。"那野蛮的大冠蝇霸鹟再次对它发起冲击，但这次雄蓝鸲早有防备，一展翅便避开了迎面杀气腾腾扑来的大冠蝇霸鹟。

不久以后，蓝鸲决定占据绒啄木鸟的那个老巢，也就是我在这个季节更早时逐走家麻雀的那个巢穴。它们在这里建立起自己的巢穴之后，一场边界战争终于不可避免地爆发了，在雄蓝鸲和大冠蝇霸鹟之间爆发了，战争持续了好几周。那蓝鸲的嫉妒心极强，也非常大胆，它甚至不会容忍一只莺鹪鹩落在自己的巢穴附近，它把每只在树腔中筑巢的鸟儿都视为自己的天敌。只要蓝鸲坚守在自己的家园，大冠蝇霸鹟就不同它继续争吵，可是蓝鸲却不能容忍大冠蝇霸鹟与它同处于一棵树上。看见这小小的蓝色羽衣穿过树林冲向那灰胡桃似的棕色，是多么精彩的一幕。大冠蝇霸鹟的嘴喙像扳机一般咔嗒作响，而它那刺耳的、野性的叫声充满了愤怒，可是那蓝鸫从不退缩，总是准备好重新战斗。

有时，家麻雀会赶在蓝鸫之前捷足先登，占据树腔巢穴，让蓝鸫处于最糟糕的境地。一旦家麻雀进入树腔，它就坚守堡垒，而蓝鸫很快就会放弃对家麻雀的围攻，可是在一片公平的土地上，本地鸟儿将迅速击溃外来鸟儿。

说到那些在树腔中筑巢的鸟儿，就让我想起金翅啄木鸟在我家附近地区逐渐养成了一种古怪的特性，这是我在其他地方从未注意到的。这种鸟儿用嘴喙钻入建筑物、尖塔和电线杆，在一些例子中，金翅啄木鸟让自己成了十分讨厌的家伙。有一个季节，在我家附近的一幢空寂的老式避暑建筑中，金翅啄木鸟严重损坏了好一些仿古希腊圆柱。这些鸟儿用嘴喙钻入一根圆柱，发现里面的空洞约有30厘米或更宽，并非它们寻找的理想居所，于是又重新开凿，结果发现还是不合适，它们就这样周而复始，一连凿出了好多个洞。然后，它们以这样的方式凿入冰库，终于在填充在外部和内部之间的锯屑中找到了自己喜爱的地方。有一只金翅啄木鸟就像偏执狂，上上下下、左左右右地乱凿，仿佛是邪恶的精灵附了身，留下了千疮百孔。金翅啄木鸟和其他啄木鸟很可能疯狂无比，会干出这样的事情来，它们不停地钻动风干的木材，直到自己精疲力竭。我上面提到的啄木鸟在很短的时间内就会钻穿一块干枯的铁杉木板，那钻动的声音就像木匠敲动锤子的声音。那只似乎是偏执狂的金翅啄木鸟可能从未交配过，只是个单身汉，在那个季节里，它的羽衣并不鲜艳，只有通过不停地模仿挖掘这些养育儿女的巢穴，来愤怒地发泄自己的本能。

第 14 章　果园的秘密

Orchard Secrets

果园是小鸟躲避猛禽的天堂，也是它们抚育后代的安乐窝。到果园去寻觅鸟踪，说不定你能看见王霸鹟缓慢地飞到空中攫取昆虫，金翅雀的雏鸟发出孩子般天真烂漫的音符而四处飞翔，山雀斗胆飞到人类住所的毛毯上偷窃羊毛用来筑巢……如果你有幸找到小鸟们构筑的巢穴，静静地欣赏这些风格各异的建筑师的杰作，那无疑是人生一大快事：红眼莺雀那编织得紧密的灰色小篮子，林绿霸那细密而平滑的杯子，金翅雀那塞满蓟花冠毛的舒适之家，褐斑翅雀那用细枝和稻草松散编织的草棚……

最不隐蔽的巢穴，往往也是最隐蔽的巢穴

　　每当我找不到鸟巢而准备放弃搜寻时，我往往就把它们给找到了。我日复一日穿过我的果园，搜寻王霸鹟的巢穴，从那对鸟儿来来往往的飞行中，我知道它们的巢穴就安置在这园子中的一棵苹果树或梨树上。我一次次寻找它们，但总是一无所获，于是我来到一棵大树下，躺在草丛中，一直注视着那对鸟儿。这是一个温暖的、成熟的仲夏下午，草丛世界飘溢的芳香在我的四周荡漾，四面八方呈现出一派自然的安宁，这种舒适让我的感官打起盹儿来。我带着一种倦怠的兴致观察着那两只鸟儿，看见它们不时飞上高空，赶上某一只斗胆冒险出来舒展翅膀愉快飞行的小虫子或甲虫，然后嘴喙里衔着那猎物俯冲下来。

那两只鸟儿在空中旅行，捕获那些笨拙的、行动缓慢的昆虫，这令我如此感兴趣，因此完全忘记了寻找巢穴的事情。过来一会儿，我把头转向一边，让眼睛休息片刻，就在那一瞬间，我偶然看见那王霸鹟的巢穴就在离我不到六米之遥的一根树枝上。最不隐蔽的巢穴，往往也是最隐蔽的巢穴。附近的梨树伸展着更为浓密的枝条，上面长满了更为繁茂的叶簇，无疑为鸟儿提供了更隐蔽的环境。我一直集中目光仔细审视这些地方，而对更为开敞的苹果树的树枝并未细看，仅仅是匆匆扫上一眼。可是，那个巢穴就靠近一根长长的低枝伸展之处，那根枝条水平生长着，没有叶簇遮挡，正是由于这个非常的原因，那巢穴很可能就避开了人们的注意力。

那两只王霸鹟几乎缓慢地径直飞到空中攫取昆虫，这一幕在我眼里徘徊不去。有时我认为，它们飞升了差不多30米，这表明它们的视力非常敏锐。在任何情况下，我都看不见虫子，或许所有鸟类的眼睛都比人类的眼睛要敏锐得多。日复一日，我都看见我前面的蓝鸫从电话线上的栖息处飞向道路，或飞向十几米开外的草皮地，啄起我自己都看不见的某条小虫子或某只小昆虫。或许比起我们人类的视力系统来，鸟类的视力系统的功能也完美或强大不到哪里去，可是鸟类的视力系统后面的大脑相对要大一些，可以说是一直在不停地想着小虫子和蠕虫之类的事情。我假设，大多数人都能远距离看见一枚金币，可是鸟类却看不到那么远。在高空泰然自若地平衡翅膀的鹰，会看见下面草丛中的田鼠，可是在同样的条件下，那田鼠肯定会逃避我们的视野。田鼠存在于鹰的大脑中，是的，存在于鹰的血液中。"让自己居住在天空"的秃鹰（vulture），在很多公里之外就用它那渴望的胃看见了适合自己胃口的食物。在这种情况下，我们的视力辨别不出地面上的猪或狗，或任何其他小动物的尸体，而秃鹰的眼睛里面有思索，因此能远距离锁定目标。对于眼睛来说，了解它在搜索寻找些什么，将有莫大的帮助。

五种漂亮的小鸟，五种风格各异的鸟巢

言归正传。人们也可能通过搜寻而发现鸟巢。昨天，我们四个人——三个年轻妇女和我本人，走进野外那个隐藏着王霸鹟的小果园，经过仔细查找每棵树，我们发现了五个其他鸟儿构筑的巢穴，它们的主人分别是红眼莺雀、雪松太平鸟、金翅雀、褐斑翅雀鹀和歌带鹀。从习性上来说，歌带鹀生活在地面上，可是它不时也利用树木来筑巢，一旦在树上筑巢，巢穴的位置都比较高，因此我还从来没见过歌带鹀把巢穴构筑在低于地面4.5米的地方。显然，这小鸟感到，比起地面上的敌人来，自己不那么害怕树上的敌人。一两天前，我就在它巢穴下面的草丛中瞥见了它在地面上的敌人之一，隐隐的形态显示出那是一只臭鼬——黄鼠狼。草丛的颤动泄露了那个家伙的来临，我对它大叫"停下"，一听见我的叫声，那家伙便停了下来，鼻子朝我这边嗅了嗅，然后转身，做出竖起尾巴准备放出它的臭屁的姿势，但又转身朝墙下的花白旱獭

洞穴走去。这些觅食者摧毁一个又一个鸟巢，不分昼夜。

雪松太平鸟的巢穴最为罕见，每每观察亲鸟的举止，都让我愉快无比。这种鸟儿并不大声鸣叫，似乎是沉默和恐惧的化身。雄鸟栖息在巢穴附近的一根枝条上，挺直而僵硬地伫立着，仿佛冻结在那里了，它的鸟冠耷拉着，羽衣紧紧卷起。从巢穴边沿看得见雌鸟的头，也同样显得惊慌。

红眼莺雀因为悲哀而激动的鸣叫泄露了自己的所在，雌鸟显得更为担心。走近低矮树枝外端仔细一看，它那编织得紧密的灰色小篮子很快就暴露了出来——悬垂在两根细枝之间，离地面有两米多高，可以说，这果园中再也找不到比红眼莺雀的巢穴更优美、更漂亮的鸟巢了。我们确信，老果园中还有林绿霸鹟（wood pewee）的巢穴，不过尚待发现，这种巢穴的制作与其他鸟巢大相径庭：它不是红眼莺雀巢穴那样的篮子状，而是杯子状，塑造得如此细密而平滑，与它所依附的树枝如此和谐，覆盖着小块地衣，跟红眼莺雀的巢穴一样让人赏心悦目，由于与环境融为一体，因此就更难以发现。根据长期经验，红眼莺雀这个部族无疑得知了它们构筑巢穴的最安全之处——就在我们总是发现它们所在之处，在靠近树木和灌木伸出的长长的低枝末端，几乎可以肯定，乌鸦和松鸦没有注意到它们的巢穴就在那里，牛鹂同样受到了阻挡，这个家伙到处寻找其他鸟儿的巢穴，以便把自己的蛋偷偷扔在里面寄养。

金翅雀也是出类拔萃的鸟类建筑师，对于它那如此娇小的身躯来说，它的巢穴厚重而结实——浓密、紧凑、平滑、柔软，安全地固定在一根上层枝条的小枝桠处，金翅雀通常使用很多蓟花冠毛来构筑其巢穴。

同上述两种鸟儿相比，褐斑翅雀鹀的筑巢技艺则相形见绌。这种鸟儿用细枝和稻草松散地编织自己的巢穴，在枝条上的基础很不牢固，在夏天，只要一阵狂风暴雨突然降临便足以将它毁坏，在这种情形下，遭到风雨破坏的褐斑翅雀鹀筑巢远远多于任何其他鸟儿。

我爬上梯子，把巢穴放回枝桠上

王霸鹟是一种声音沙哑、缺乏风度的鸟儿，它的巢穴以细根、细枝和稻草编织而成，草草维持着。在这个季节过了几周之后，我对金翅雀的巢穴便有了一种好奇的，但起初是相当痛苦的经历。那金翅雀的巢穴隐蔽得不同寻常，亲鸟如此狡猾，即使我躺在几米开外的吊床上仔细观察了很久，也从未发现雄鸟或雌鸟靠近自己的巢穴。我最终在8月得出了结论：它们没有居住在那个巢穴中，于是我就采取了我极少对鸟巢采取的行动——走到巢穴所在之处去"采集"它。我举起一根长竿，一边说"出来"，一边把那个鸟巢从它所搁置的枝桠处给顶了出来，我费了很大的劲，想把它完整地弄到地面上来。可让我沮丧不已的是，那巢穴却掉了下来，一只雏鸟从巢穴里面掉了出来，重重摔到布满残根的地面上。巢穴着地时倾覆过来，我翻转过来一看，震惊不已：里面还有三只几乎长到半大的雏鸟，它们楔入巢穴底部，如此紧紧地依偎在一起，也如此安静，以至于乍一看，它们似乎是巢穴的一部分。它们没有发出受到惊扰的信号，却静悄悄地闭着眼睛，倒伏着，然而坚韧不拔地紧紧依附在巢穴上，这让我进退维谷，我要做些什么才能弥补我所轻率地犯下的过失呢？现在那只雌鸟出现了，站在附近的枝头上大声鸣叫，那调子胆怯而悲哀，似乎在说"可——怜、可——怜"，可是它却并没有飞到它的巢穴曾经搁放的那棵树上去。

耽搁了一会儿之后，我找来一把梯子，爬了上去，把巢穴放回到一个枝杈上，那里比它原来的位置要低约1.5米。我十分怀疑这次实验是否成功，因为在我监视的两小时或更长的时间里，两只亲鸟根本没飞到树上来。可是在第二天早晨，我发现所有雏鸟的身体都很暖和，依然紧紧拥抱着自己的巢穴。在接下来的日子里，我一次也没有看见那两只亲鸟接近过巢穴，也没有在附近的树枝上现身。而雏鸟依然成长着，不久，它们的背部和头部便开始从巢穴边沿露了出来，直到我最终发现其中一只雏鸟栖息在巢穴边沿上。那之后没多久，巢穴便空荡荡了，后来雏鸟们跟随父母在周围的田野上四处飞翔，从一棵蓟草飞到另一棵蓟草上，鸣啭着发出那孩子般天真烂漫的音符，听起来就像是在叫着"婴——孩、婴——孩"，孩提时代，每到夏末，我在老农场上经常听到这样的鸣叫声。

一窝雏鸟终于羽毛丰满，展翅飞走了

发现鸟巢多半是凭运气，当我发现一个鸟巢时，就总会认为自己幸运无比。一天早晨，我在山毛榉林中散步，在啄木鸟啄出的一个小洞中，我偶然发现了一个灯芯草雀（junco）的巢穴。这个巢穴位于一个覆满青苔的土堆里，靠近一堆被锯成约1.2米长的木材。雌鸟飞出它安置巢穴的那个小树腔，我离它不到一米之遥。那之后，每当我散步时，我就发现自己的脚步经常不由自主地朝那个方向迈去。在一定程度上，我感到自己对那个巢穴负有责任，我想把它看穿。在辽阔的、蓬乱的、偶然的户外，在寂静的野外生活中，那个巢穴日日夜夜暴露给那么多危险，它多么脆弱，又多么迷人，成为所有树林中和田野上最令人愉快的公开的秘密之一，完全凭借它自己的魅力吸引着我。一大群牛穿过这些树林吃草，拖拖拉拉地行走，我疑惑那小小的巢穴是否能长久地逃避牛蹄的践踏，还有那些夜间觅食者——臭鼬、狐狸、浣熊（raccoon）和猫，它们都会经过那里吗？我一度常常在巢穴附近徘徊不去，我能看见那鸟儿的白色嘴喙和闪耀的黑色眼睛，就在那个小树腔里，部分被藤蔓和树林中的野生草木所遮蔽。

那个地点似乎与众不同，为了挡开路过的牛群，我在那里小心翼翼地安置了一些长杆和碎石块。一个炎热的早晨，我久久地坐在附近的一块岩石上，一方面是为了享受徐徐吹来的凉风，另一方面是为了接近那只灯芯草雀。我偶然看见雄鸟在四周闲荡，猜想它是否明白究竟是什么原因让它的伴侣留在那里，这令人非常感兴趣，这无疑是它们养育的第二窝雏鸟了。一个月以前，在卡茨基尔山脉中的一座山峰顶上，在布满路边的树根下面，我发现了一个灯芯草雀的巢穴。当我驻足去看时，那只雌鸟从仅离我一步之遥的土堆中溜了出来，拖曳着它的羽衣越过道路。那个巢穴就安置在层层纠缠交织的树根下面约30厘米之处。

慷慨的神祇保佑我，也保佑我在山毛榉林中遇见的鸟儿，安全地守护着它们，最后，那一窝雏鸟终于羽毛丰满，成功地展翅飞走了。

我感兴趣的是我没有找到仅有一点暗示性线索的鸟巢。有一年7月，一只羽毛完全丰满的玫胸白翅斑雀（rose-breasted grosbeak）的雏鸟不知所措，显然是受到了它在这个世界上的初次旅行的迷惑，径直飞到了我们的游廊里，依附在我们头顶上的屋顶橡条上。它的父亲——那只雄玫胸白翅斑雀表现出焦急的情绪，跟着自己的孩子歇落在附近的一棵树上。我拿起拐杖，慢慢伸到那只雏鸟下面，诱导它放开橡条，攀上我的拐杖，然后我把它带到开阔处，给它重新展翅高飞的机会，它一展翅，它的父亲也就跟随它离去了，两只鸟儿都消失在视线之外。为了寻找它们的巢穴，我把果园搜了个遍，却徒劳无功。那巢穴很可能在上面的树林中，或者在某一片长满灌木，四周有围栏的土地上。玫胸白翅斑雀是一种珍稀鸟类，它如此罕见，也引人注目，由于发生了这个小插曲，那个下午在我的记忆中留下了光辉的一页。

那只山雀明目张胆地继续偷窃行径

一只山雀把巢穴构筑在老果园的某处，可是我们却一直没能找到具体位置。连续几个早晨，那只山雀都要飞到我的游廊上来，嘴喙里衔满了长长的绒毛——那是从我放在游廊上的毛毯上扯下来的。正如山雀们通常的表现一样，这只山雀也非常大胆，对我站在一两米开外谴责它毫不在乎。

我说："你可不是好邻居，抢夺我的床铺去布置你自己的床。"

它仅仅用珠子般的眼睛盯着我，明目张胆地继续它的偷窃行径。它的嘴喙里衔着黄色、绿色和黑色的羊毛——一种鸟巢衬里，外观非常漂亮。我可以斗胆说，它以前从未有过这些衬里，这次幸运地发财了。每当它如此迅速地拐过房子的角落而消失在果园中时，我的目光就追踪不到它了。我只希望它养育的那一窝雏鸟能繁盛起来，也希望它明年夏天还会回来，到我这里再取走一些羊毛去构筑自己的巢穴，好好养育后代。

9月，一只隐夜鸫（hermit thrush）连续两个早晨都来到这里，采食高大的甘松植物的浆果，那些甘松生长在我的房子后面，就在餐具室的窗口下面。那只隐夜鸫很可能在附近的树林中或上面的山峦中筑有巢穴，因为在这个季节，它早早就在那里歌唱了起来，可是我在散步时却从来没有遇到过它。这个罕见的歌手来到我的门前寻觅早餐，令人非常愉快，它给我带来了多少荒野的优美与自然的和谐啊！

　　我还对一对刺歌雀发生了兴趣，在我每天都要路过的一个路边牧场上，它们筑有一个巢穴。这个巢穴的居民似乎颇为反常：有两只雄鸟，只有一只雌鸟。每当我靠近时，一只雄鸟和那只雌鸟就显得非常激动不安，在我的头上盘旋，大声鸣叫，泄露出导致它们激动不安的秘密来，同时另一只雄鸟则完全漠然，显然这种情形并不是鸟类中的一妻多夫制，第二只雄鸟之所以在那里，似乎仅仅是为了陪伴另一只雄鸟和雌鸟。

　　在我们的北方牧场上，刺歌雀越来越罕见了，这无疑是雄鸟多于雌鸟的原因。尽管当你接近刺歌雀的巢穴时，它们总显得不同寻常地激动，总是小心翼翼，不泄露自己巢穴的准确位置。它们用热忱拥抱着整个牧场，它们会大声鸣叫和抗议，跟随你从牧场的一端走到另一端，可是，即使你在附近逗留上好几个小时，也很可能找不到一丝线索，对于它们的秘密巢穴究竟隐藏在哪一蓬特殊的草丛中，你始终一无所知。

第 15 章　寻找鸟巢

Birds'-Nesting

漫步野外，你可能通过不舍的追寻来发现某种珍稀鸟类的巢穴，那种成功应该让你感到莫大的欣慰。但是，当你发现那个巢穴时，你可千万别上了巢穴主人的当：那种鸟儿可能聪明绝顶，会玩弄诡计，从空中掉下来，假装受伤，不时还扑动几下翅膀，不停地抽搐，就等着你快步上前去抓住它时，它会再次扑动几下翅膀，飞得更远一点儿，就这样一步步诱惑你远离它的巢穴，你会得而复失，毫无意识地丢失了那巢穴的线索。本文中的黑喉蓝背莺就是这样一种充满智慧的鸟儿，你不妨看看它怎样玩弄伎俩来欺骗寻巢者。

优美精致的居所，盛着鹅卵石般的鸟蛋

即使你搜寻不到鸟巢，那精致的小屋也无处不在。搜寻中，你肯定会发现其他很多有趣的东西。我的一个朋友说，他在年轻的时候常常扛着猎枪外出去捕猎野火鸡（wild turkey），尽管他频频发现一些小猎物，可是他通常都空着手回家，因为他捕猎的目标仅仅是野火鸡，而忽略了其他很多有趣的东西。

但是作为大自然的热爱者、鸟类学学生，他热爱大自然显露出来的所有形态，只要来到野外，他的目标就不仅仅是野火鸡了，而是所有在大自然中移动和生长的东西，因此他总能带回来一些猎物，他捕捉猎物的方式，有时不一定是用猎枪，而是用眼

睛、鼻子或耳朵。即使是乌鸦的巢穴，他也不会错过；他不会错过隐藏在岩石中的兽穴——浣熊或臭鼬就住在那里面；他不会错过一只鹧鸪啄击的圆木；他不会错过那鹧鸪本身——它展开尾巴突然飞起来，在它嗡嗡叫着穿越树林之前，还故意在你面前走上几步；他不会放过花白旱獭的洞穴，因为风吹雨打，那洞穴入口已有些颓败，四周长着被花白旱獭啃过的肮脏的小树苗；他不会错过狐狸散发的浓烈的恶臭气味，但他用敏锐的鼻子到处追踪，对他来说，那气味就是飘荡在林中的美好芳香。然后，他偶然会遇到林中的一汪泉水，他心满意足，俯下身去，畅饮那甘甜清冽的泉水，把双手浸入凉凉的泉水中；或者他沿着一条鳟鱼溪慢慢散步，那条鳟鱼溪吸收了山峦、树林的影子，直到它本身也变成一片色调更浓重的阴影。

一块凸出的岩石总是吸引着我，让我常常偏离预定的行走路线，要么去探索自己热爱的山洞和兽穴，要么坐在悬垂的峭壁下面，彻底融入那荒野的风景。

凸出的岩石周围的自然环境令人着迷，令人流连忘返！凸出的岩石有一种准确的外观，成为这风景中的重点，也把个性赋予这风景。我感受到它们的魅力，每次都要在那里驻足片刻。时间像山冈一样古老，而且比山冈还要古老，露出了它们被风雨侵蚀得布满疤痕的面庞。树林属于今天，可是相比之下，凸出的岩石却属于永恒。人们多多少少有几分同感，于是便像搜索古代的废墟遗址那样搜索它们。凸出的岩石是以前的世界留下来的遗址，山冈的基础就展示在这里。山冈——这些大地上的巨人就在这里塑造和形成。凸出的岩石让人们驻足，让人们在这里寂静和沉思；树木的低语和沙沙声似乎琐碎得微不足道，也似乎毫不相干，让人们忘却尘世的喧嚣。

于是凸出的岩石周围也有鸟巢，那些优美精致的居所，四周长满了青苔，里面盛着鹅卵石般的白色鸟蛋，令我不能不满怀激情地凝视它们。那褐色的小鸟——东菲比霸鹟，从它的壁龛巢穴里面看着你，直到你离它不到一两米之遥才匆忙飞走。偶尔你可能还会发现某只珍稀罕见的林柳莺的巢穴，在青苔的围裙中形成了一个小小的口袋状，从潮湿的岩石上悬垂下来。

花栗鼠毫不怕人，大胆靠近，攫取草莓

当你身负和平安宁的使命而来时，这些森林居民似乎就能察觉到你的到来，比起往常来，它们就不再那么害怕你了。今天，那只旱獭看见我接近它在灌木丛中的隐身处时，难道它就没有猜测出我的使命跟它没有关系？可是当它看见我驻足下来，故意让自己直接坐在它的洞穴上面的石墙上时，它的信心就大大动摇了。显然，它深思熟虑了片刻，因为我听见树叶在沙沙作响，仿佛它正在下定决心，就在那时，它突然现身，朝它的洞穴全速冲了过来。如果是任何其他动物，可能早就撒腿溜之大吉了，可是花白旱獭的脚跟并不那么敏捷，它的速度要慢一些，它感到自己

一生所系的唯一安全之处，就是待在自己的洞穴中。它全速朝我冲过来，一副最倔强、最坚定的样子，我敢说，如果我坐在它的洞口上面，它可能会毫不犹豫地朝我发起攻击。我倒没有给它这样的机会，也并没有被它的行为所吓倒，反而以非常温和的方式把自己的脚放在它的身上，但它却喷出挑衅似的鼻息，突然钻进它那位于我的"座位"下面的洞穴。

更远处，一只漂亮的花栗鼠好像也在观望，期待我对它完全无害，它自己也和蔼得异乎寻常。我停下来，把双手和面庞浸入一条小小的鳟鱼溪，洗濯片刻，再拿出一只铁皮杯，里面盛着我越过田野时随手采摘的一些草莓。我把杯子放在脚畔的一块石头上面，此时，可能是嗅到了草莓的气味，那只花栗鼠安心地走了过来，仿佛它确定自己要去哪里，要干些什么，完全忘却了我的存在，它来到我搁放杯子的地方，在杯子边沿立起身子，然后开始大嚼起我精心挑选的草莓来，我一动不动地观察着它。它才吃了两枚草莓，就似乎突然意识到它可能收获更大，于是这个贪婪的家伙决定搬走更多草莓，便开始把草莓一一装进它嘴里的袋囊之中，2枚、4枚、6枚、8枚……随着草莓迅速减少，这个小小的飘泊者的面颊渐渐膨胀了起来。但它不停地享用着这些美味可口的果实，一刻也不停。然后它就从杯子边沿跳走，在石头间蹦蹦跳跳，一路行进，最后越过小溪，消失在那边的树林之中。两三分钟之后，它卷土重来，一如既往地把草莓填塞到自己的袋囊里面，再次满意而去。

我的一个朋友曾经跟我谈到过他与花栗鼠的经历，与我的经历颇有些相似，他说一只短尾花栗鼠转瞬间就蹦蹦跳跳而来，仿佛在搜寻着什么，一边经过他所在的地方，一边上上下下到处搜寻，可是没能准确地找到摆放食物的地点。

　　不久，我观察的那只花栗鼠第三次出现了，现在这个家伙却变得有点儿挑剔了，开始挑选我带来的草莓，在每一枚草莓上只咬一口，仿佛在品尝草莓的味道和质量。然而它很快就再度满载而去，带着这些意外的收获匆匆离开。可是，我现在对这个玩笑有些厌倦了，况且我的草莓也所剩无几，便起身离开。在这个过程中，最令人感到好奇的就是，那小小的偷猎者每次都从不同的方向而来，又朝不同的方向而去，它这样做，难道是为了躲避捕食者的追逐，还是它把那些果实分发给周围的朋友和邻居，让它们也惊讶地饱餐一顿这些由它亲自送货上门的草莓呢？

巢穴就在附近，但空空如也

　　可是我寻找鸟巢的进展十分缓慢，因为我希望发现一种珍稀鸟类——黑喉蓝背莺（black-throated blue-backed warbler）的巢穴，在这种情形下，就难怪进展缓慢了，我依然想同另外一两个志同道合者一起合作，完整地谱写我们的莺类历史。树林辽阔无边，到处长满了深深的、黑暗的、相互纠缠的藤蔓，要寻找任何特殊的鸟巢无异于大海捞针，希望渺茫，这应验了某一句古老谚语所暗示的意义。从哪里开始，又如何开始呢？寻找鸟巢的原则跟寻找母鸡的巢穴完全一样：首先必须找到你要寻找的鸟儿，然后再观察它的飞行运动和方向。

那种鸟儿就在这片林子中，我曾多次看见过它，可是它的巢穴究竟是构筑在高处还是低处，究竟是构筑在地面上还是树上，现在我都还一无所知。眼下，我听见了它唱的歌——"twe-twea-twe-e-e-a"，其中夹杂着一丝夏天里奇特的倦怠和哀伤，从低矮的枝条和下层丛林中隐隐传来。

不久，一个同伴就加入了我探索鸟巢的活动，与我结伴而行，我们发现了那只鸟儿——一只雄鸟，在一棵新近才倒下的小铁杉树上觅食，寻找昆虫。我们一眼就看见了它羽衣上的黑色、白色和蓝色。同其他一些种类的莺相比，它的动作相当缓慢。要是它能泄露出一点儿它那小小居所的位置的秘密，那该有多好啊！显然，它那羽衣朴素的伴侣还栖息在里面，而这正是我们想要探寻的事情。然而那只雄鸟似乎毫无泄露自己巢穴的意思，我们不得不到处追踪它上山下山，还常常把它给弄丢了，又循着它的歌声重新把它给找了回来，可是，我们怎样才能获得通往它的巢穴的线索呢？难道它就不回家去看看家里的情况如何，或者看看家里是否需要它回去，或者给它的夫人捎回去一点儿充饥的食物？无疑它离家不远，也不会走远，它总是让自己处于能听见雌鸟的范围内，只要雌鸟发出一声悲痛或者惊慌的叫声，都会瞬间把它唤回到那个地点。在大自然中，随时都会有某种不幸的命运降临到雏鸟身上，迫使它们鸣叫！

很快，那只雄鸟就遭遇到一个对手。它觅食的地方，属于另一只鸟儿的势力范围，它在那里觅食，显然侵入了邻居的领地，于是两只鸟儿便发生了战争，相互胁迫着，注视着对方。这是一个好兆头，因为它们的巢穴显然就在附近。

那两只进入战争的鸟儿的战斗口号是一种特殊的啁啾，声音很小，不很凶猛，可是又流露出嘲弄的口气，而且还非常自信。它们迅速斗殴，攻击对方，但这是一场很奇异的战斗，看起来它们不是真的要伤害对方，而是更沉湎于某种满足自己的荣誉感，因为双方都没有占到上风，它们分开几步，歌唱着，尖叫着，心情愉快地向对方挑战。战斗持续了不久，双方没有恋战，就退出了战斗。在这个有15分钟或20分钟的过程中，它们短兵相接，先后遭遇了三四次，稍稍脱离之后，又像两只激怒的公鸡卷土重来，最终直到双方鸣金收兵，退出战斗，撤退到相互听不见的地方——无疑两只鸟儿都在声称自己获得了胜利。

然而，我们依然毫无线索，那巢穴的秘密依然深藏不露。我想我一度发现了那个巢穴，我瞥见了一只看起来就像是雌鸟的鸟儿，在附近一棵离地面大约2.5米高的小铁杉树上，我的目光还探测到了一个巢穴，可是当我走到巢穴的下面时，我可以看见光线穿过巢穴，里面却空空如也——显然这个巢穴只完成了一部分，里面还没有衬里和填充物。现在，如果那只鸟儿要回来认领这个巢穴的话，我们的探索就获得了重大进展。可是我们徒劳地等待了许久。今天那建筑师停工了，我们必须再来，或者继续搜索。

当我们在这里四处游荡时，三只花栗鼠令我们特别开心，它们忙忙碌碌，似乎在玩儿某种游戏，很像是一场追逐游戏：它们旋转不停地行走，第一只领头，第二只紧随其后，全都像小学生那样和蔼而愉快。花栗鼠有一种很特别的行为：它从不离开自己的家很远，如果你朝着它突然冲过去，它就会一溜烟钻进自己的洞穴里，逃得无影无踪。花栗鼠当然准确无误地知道自己的洞穴的位置，即使洞口覆盖着落叶，它也能找到自己的家。无疑它也像松鼠玩游戏那样，有着自己的幽默感和娱乐方式。我曾经花了半个小时，观察两只红松鼠穿过路边的一棵大树，那里有众多枝条纠缠着，那两只松鼠显然像两个小男孩一样，忙于玩儿一种追逐游戏：追逐者一旦赶上被追逐者，一旦触及到被追逐者，它就获胜了，然后，它就会成为被追逐者，让自己的游戏伙伴来追逐自己，用尽自己的智慧和速度，竭尽全力来躲避穷追不舍的伙伴。

巢穴里面有四只雏鸟和一枚腐烂的蛋

因为找不到那两只雄鸟的巢穴，我们感到有些绝望，穿过树林继续前进，到别处去碰运气。不久以后，正当我们要走下一座山冈，到下面一片密林的湿地上去时，我们碰巧发现了一对自己正在寻找的鸟儿，这真是踏破铁鞋无觅处！我们停下来观察，看见它们的嘴喙里衔着食物，流露出极为警惕的迹象，这恰好就说明巢穴紧靠在这附近，这就够了。无论如何，我们也会留在这里找到那巢穴。为了确定这一点，我们决定观察亲鸟，直到从它们身上挖出它们巢穴的秘密来。于是我们锲而不舍，蹲下来观察它们，而它们也同样在观察我们、打量我们，这可真是棋逢对手。我们一动不动，尽量保持安静，但我们的行动却受到了极大的限制。要是可能的话，那两只鸟儿不久之后就会认为我们不过是两截树桩，或者是平卧的木头，对它们完全无害。在等待的那段时间里，我们的处境遭透了：最初我们十分安静，蚊子便被吸引而来，但片刻后这些嗜血的家伙就把我们从木头和树桩中识别了出来，群起而攻击我们。

那对鸟儿也没有受骗，即使在我们使用印第安人的计策——浑身披满绿色树枝来欺骗它们的时候，它们也没上当。啊，多疑的家伙，嘴喙里衔着食物仔细观察我们，整整一小时放弃了给嗷嗷待哺的雏鸟喂食，如果是其他鸟儿，无时无刻不飞回家去照料自己的雏鸟！在我们的隐身处和它们的秘密巢穴之间，这两只鸟儿一次次接近我们，用多么敏锐的目光注视着我们。然后它们显然试图忘记我们的存在而离开，这究竟是在欺骗我们，还是在说服自己刚才引起的惊慌并没有什么要紧的原因，还是在说服雄鸟一如既往放声歌唱，穿过树林飞向某个远处？但那只雌鸟却一直紧紧地盯着我们，一点儿也没放松警惕，这两只鸟儿，把食物衔在嘴喙里很长一段时间之后，自己就把食物吞食了。然后，它们会再找一点儿食物，显然已经很接近巢穴了，它们的小心谨慎帮助它们警惕四周，会吞掉食物匆匆展翅飞走。我认为雏鸟会大声鸣叫，可是它们却非常安静，没有发出一丝声音来，这样我们就无法循声而去。它们没有发出叫声，究其原因，无疑是亲鸟让自己与巢穴保持着距离——雏鸟往往会在亲鸟衔着食物接近巢穴的时候叫嚷起来，那样就会完全暴露它们的位置。

过了一会儿，我便确切地感到那个鸟巢就在附近，就隐藏在一两米之内的某个地方。实际上，我想我认识那丛灌木。然后那两只鸟儿再次相互靠近，保守着位于下面二三十米远的巢穴的秘密。这让我们困惑不解，看着这整个下午可能都会像这样度过，而又没有破解巢穴秘密的希望，于是我们决定改变策略，开始彻底搜寻那个地点。这个过程很快就让事情处于危机之中：当我的同伴爬过一根木头——那根木头就在离我们就坐之处仅有几米之遥的一棵小铁杉树旁边，雏鸟们开始发出惊慌的鸣叫，跃出了它们在铁杉树上的巢穴。这让在场的亲鸟极度惊慌，它们似乎悲痛得让人可怜。亲鸟便施展诡计，让自己掉在地面上，非常靠近我们的脚畔，还不断扑动翅膀，无疑是想转移我们对无助的雏鸟的注意力。我决不会忘记那只雄鸟，它的色彩显得多么鲜艳，当它吃力地扑动拖拉自己的身体时，它的彩色羽衣与枯叶的颜色形成了多么鲜明的对比！它仿佛受了重伤，可还会挣扎而起，仿佛想竭尽全力飞走，可是毫无用处，没飞出两米就扑动了几下翅膀掉了下来，显然你只得上前去把它拾起来。可是就在你伸手快要把它拾起来之前，它不知怎么又恢复了一些力气，扑动着飞得稍远一点儿——如果你试图追踪它，那就大错特错了，因为你很快就会被它诱骗，渐渐离开了巢穴现场，这样，你就不仅会失去雏鸟，而且还会让亲鸟消失得无影无踪。此时那雌鸟也不那么焦虑了，对我们施以同样的诡计，诱骗我们离开，可是它那黯淡的羽衣并不那么容易引起我们的注意。雄鸟身披节日盛装，可是它的伴侣却穿着日常朴素的工作服。

那巢穴构筑在一棵小铁杉树的枝桠上，离地面大约40厘米，那是一个坚固的结构，编织得十分浓密，建筑材料是更为精细的森林物质，衬里是非常精致的根须，里面有四只雏鸟和一枚已经腐烂的蛋。我们在特拉华河东部支流的源头附近找到了这个鸟巢，不仅是黑喉蓝背莺，其他好几种稀有的莺也在这里度过夏天，养育后代，其中不乏黑斑森莺（blackburnian warbler）、栗胁林莺、点斑加拿大莺（speckled Canada warbler）。

伸手去摘浆果，浆果深处说不定就有鸟巢

很容易找到已经被放弃的死鸟巢——当树叶飘落，它们就处于无遮的状态，在每一片灌木丛中和每一棵树上，暴露在人们的视线下，可是无心的人们往往百思不得其解，总想知道自己是如何错过这些鸟巢的。可是一个有鸟居住的活鸟巢，则多么逃避人

们的视线！我在报纸上读到过一个著名罪犯的伪装伎俩，那罪犯把自己隐藏在摆满家具的房间里面，与家具浑然一体：他抱着餐桌的支撑物，把自己伪装成家具的一部分。鸟儿很可能也研究过同样巧妙的伪装术：它总是让自己的巢穴与周边环境融为一体，有时，在人们常常忽视的开阔处恰恰隐藏着鸟巢；另一方面，光线本身似乎也在隐藏鸟巢。每一年鸟儿都要重新筑巢，让自己得益于现场和最近的树叶及遮蔽物、光与影的混合效果，巧妙地把自己的巢穴伪装起来。一个季节隐藏得很好的鸟巢，在下一个季节则可能完全暴露出来。

到野外去钓鱼或者采摘浆果，则是通往鸟儿出没之地及其筑巢地的良好入门方式。你伸出手去采摘浆果，浆果深处说不定就有鸟巢，要不然你沿着溪流漫步，你的步态可能把矶鹞或水鸫从地面上惊飞——它们把自己的蛋就隐藏在那片地面上，或者你可能从灌木丛中惊起某只胆怯的林柳莺来，那丛灌木中也可能隐藏着它的巢穴。有一天，我在一道长满树木的深深的峡谷下面钓鱼，从水中猛然拉出鱼线之际，鱼钩偶然挂在头上的一根大树枝上，我上前把它取下来一看，结果发现鱼钩根本没有钓到鳟鱼，却卡在一个蜂鸟的巢穴上面——那个鸟巢就骑跨在那根大树枝上，一眼看上去，它就像树枝本身生长出来的一部分。

除了鸟类学家，其他采食者也在寻找鸟巢——松鼠、猫头鹰、松鸦和鱼鸦（fish crow）。在这些敌人中间，我所知道的最坏的掠夺者便是鱼鸦了，我总是把它从我的房子附近赶得远远的，而且还告诫每一个带枪的猎人都不要对它客气。鱼鸦是小偷，习惯顺手牵羊，无情地洗劫它所袭击的每个知更鸟、棕林鸫、黄鹂的巢穴。我相信，只有在找不到鸟蛋或雏鸟的时候，它才会去捕鱼。真正的乌鸦，就是那种发出诚实的"呱！呱"的叫声的乌鸦，我从来就没有发现它干过这样的坏事，王霸鹟与乌鸦一样，尽管这两种鸟儿安分守己，却同样受到人们的指责，无端被说成是劫巢者。

第 16 章　鸟巢的悲剧

The Tragedy of the Nests

小鸟成长的季节，也是灾难性的季节，充满了杀戮的季节，它们的敌人无处不在——白天有乌鸦、鸟、松鼠、鼬鼠、蛇和老鼠，夜间则有猫头鹰、臭鼬、貂和浣熊，这些家伙无时不让鸟巢处于危机之中；在春天，一年中率先筑巢的那批鸟儿总是遭受巨大伤亡，那时它们的敌人正缺乏别的食物来源，饥肠辘辘，乌鸦和松鼠在艰难度日，正四处觅食充饥，胃口特别好，一旦遇见可口的食物，岂有不大开杀戒之理？可怜那些小鸟可能还处于襁褓之中便惨遭杀戮，鸟蛋和雏鸟频频落入敌手，本文的叙述让这一幕幕悲剧如状眼前。

鸟蛋和雏鸟的成长，始终伴随着危机

鸟儿的生活，尤其是我们那些迁徙的鸣禽的生活，不仅是穿越洪水和田野的一连串历险，也是发丝一般狭窄的逃亡之路。在我们的鸟类当中，很可能只有极少数自然死亡，或者只存活到正常寿命的一半。在大多数动物中，鸟儿回家的本能最为强烈。我确信，大量从南方猎人的捕猎中幸存下来的鸟儿，每年春天都要回到它们的老巢去繁殖。4月的一天，康涅狄格州的一个农夫把我带到他的门廊下，把位于六层楼高的一只东菲比霸鹟的巢穴指给我看。无疑这同一只鸟儿年复一年地归来，由于在它最喜爱的棚架上只有仅能筑一个巢的空间，于是它就以老巢为基础，每个季节在那上面筑起一个新的上层结构。我听说有一只白色知更鸟，其实那是一只白化的知更鸟，在马里兰州的一个城市里连续数年筑巢。我还听说在我生活的这个地区，一只歌声非常独特的雀鹀数个季节都在筑巢。

但鸟儿并不都是为了回到老巢而生活：从哈得孙河到热带无树大平原，刺歌雀和欧椋鸟一路遭受了火焰般烤炙的折磨，知更鸟和草地鹨以及其他鸣禽，常常被男孩子和为了获取食物的猎人大量射杀，还不要说它们面临着来自鹰和猫头鹰等猛禽的危险了。然而那些没有归来的鸟，即使在对它们最有利的地区，也有那么多的危险潜伏在它们的巢穴周围！这就像当年我们国家到处布满敌对的印第安人时，早期白人拓居者的小木屋也没有经受过这样多的危险所包围，鸟儿脆弱的家庭不仅暴露给形同猫和收藏者的敌对的印第安人，而且还暴露给无数凶残的动物，鸟儿除了隐藏，毫无抵御之力。即使在我们的花园和果园里，在我们的房舍墙下，它们也过着那种最黑暗的开拓性生活。在产下蛋到雏鸟飞翔的这段时间里，它们度日如年，此时对它们非常不利——其巢穴容易遭到劫巢者的掠夺，其蛋或雏鸟容易被掠食者吞食。它们在夜间的敌人有猫头鹰、臭鼬、貂（marten）和浣熊，在白天的敌人则有乌鸦、松鸦、松鼠、鼬鼠、蛇和老鼠。我们都明白，鸟类的幼年期危机四伏，雏鸟的成长则伴随着一个又一个危机。

一个密歇根州的老移民告诉我说，他最初的六个孩子都死了，当他们长到一定年龄时，疟疾和牙病通常会夺走他们的生命，然而其他孩子出生了，国家的情况改善了，幼小的孩子们渐渐经历了重大的危急时期，接下来的六个孩子全都活了下来，长大了。如果季节足够长的话，鸟儿的繁殖无疑也会坚持六次和两个六次，最终建立起自己的家庭，衰落的夏天打断了它们的生活，只有少数鸟类才有勇气和力量来进行第三次生儿育女的尝试。

春天最初的筑巢者，就像靠近敌对部落的最初的移民定居者，遭到了最大的伤亡。在4月和5月构筑的大部分巢穴都遭到了破坏，因为此时它们的敌人已有数月没有蛋吃了，这时它们的胃口特别好，食欲特别强，而且这个时候也缺乏别的食物，乌鸦和松鼠都在艰难度日，更不要说那些更厉害的杀手了。但是在6月构筑的第二批巢，还有在7月、8月构筑的更多的巢，却很少受到干扰。金翅雀或雪松太平鸟的巢就极少受到骚扰，常常能幸免于难。

对于鸟族，这个季节充满掠夺、屠杀和死亡

在我生活的哈得孙河上的邻近地区，作为鸟儿的孵化老巢，也许极其不理想，这要归咎于这个地方有太多的鱼鸦和红松鼠。这个很可能成为大事记里的一章的季节，也就是1881年，对于这里来说，似乎也是鸟类倒霉的季节，因为在这个春天和夏天，我所观察的每十窝当中就有九窝没有正常的孵化结果。从我注意的第一个巢——蓝鸫的巢起，悲剧便开始发生。大约在4月最后的日子里，蓝鸫把自己的巢穴构筑在一棵腐朽的苹果树上的松鼠洞里，但毫无孵化结果，我怀疑不仅是蛋或者雏鸟，就连那只雌鸟也死于暴力。这种情况一直持续到8月，那时我在卡茨基尔山间观

察最后一个巢——雪雀的巢，那精致的小屋巧妙地隐藏在长满青苔的河岸上，旁边是一片树林，在一条路旁，它的筑巢处长满了高大的糙莓（thimble blackberry），最后一只长到一半的雏鸟被某个夜行者或白天的觅食者从巢中掳走，某种麻烦和悲惨的命运似乎在它们周围徘徊不去。

对于我们的羽族邻居来说，这是一个灾难性的季节，暴力死亡的季节，掠夺和屠杀的季节。我第一次注意到了黄鹂在它们那强壮的悬垂之巢中并不安全。三窝黄鹂雏鸟在一棵苹果树上开始成长，离房舍仅仅几米远，前一个季节，这些黄鹂在树上构筑了巢穴，并没有受到骚扰，但是这一次，雏鸟在长到一半时，它们却都突然遭到了灭顶之灾。有一天，它们叽叽喳喳的啁啾声特别引人注意，但第二天就停止了，也许它们的巢穴在夜里遭到了洗劫，无疑是小小的红色长耳鸮干的，我知道这个嗜杀成性的家伙是这些古老果园的居民，居住在更深的树木空洞中。一般来说，猫头鹰可以歇落在巢穴顶端，轻易地把它那凶狠的爪子探入巢穴的袋囊中，把雏鸟抓出来。有一只羽翼未丰的雏鸟的悲剧，更是为鸟巢的命运增添了悲剧色彩，让人感慨万千：这只雏鸟在试图逃逸或遭到敌人抓攫时，被一根在筑巢时用来维系巢穴的鬃丝给缠住了，翅膀被缠在上面，受了伤，动弹不得，挂在那上面死去了。这只可怜的鸟儿从未料到自己编织的摇篮却成了绞刑架。

后来在这个季节里，这个巢穴成为另一个小悲剧的上演之地。8月的某个时候，一只蓝鸲因为放纵它那种朝洞中的裂缝里面窥视和探查的癖好，歇落在这个巢穴上面，当时它很可能是在检查巢穴内部，却因为自己不小心的移动，翅膀不幸被缠在这同一根致命的鬃丝上面。它为了挣脱这种束缚而努力挣扎，越是挣扎，那根鬃丝把它缠得越紧，最终也死在那里，它的身躯悬在那上面，被夏天的暑热晒干，没有腐烂，到9月还悬挂着，它那展开的翅膀和羽衣明亮得犹如它活着时一般。

一个通讯员写信给我说，他观察的一只黄鹂在筑巢时缠在巢穴的一根线上，尽管他搭起梯子爬上去施救，把它解脱出来，可是不久那只黄鹂还是死了。在一个构筑了部分的巢穴下面，他还发现了一只"荡妇鸟"（也称为"毛发鸟"，hair-bird），那鸟儿被一根鬃丝紧紧缠在树枝上。我听说过一只雪松太平鸟也以同样的方式死于非命。还有两只蓝鸲雏鸟，由于一根鬃丝紧紧缠绕在它们的腿上，致使它们的腿萎缩了，掉了下来。它们本已长得羽翼丰满，却不得不告别它们在巢穴中的同伴，踏上了不归路。在鸟类中间，这样的悲剧很可能相当普遍。

在我们国家的文明来临之前，黄鹂构筑的巢很可能通常比它们现在的巢穴要深得多。如今，当黄鹂在偏远的树上和沿着树林边界筑巢时，我注意到它们的巢穴形成了一个长长的葫芦形，然而在果园中和靠近人类住所筑巢时，它们的巢则只是一个深深的杯子或袋囊。当危险减少时，黄鹂就会缩短巢穴的比例。正如下面回顾的一连串灾难性岁月，黄鹂为了避开猫头鹰的利爪和松鸦的嘴喙，很可能会再次增加自己的巢穴的长度。

鱼鸦是最卑劣的羽族窃贼和强盗

1881年春天，我观察到的第一个歌带鹀的巢穴，这巢穴隐蔽地构筑在田野中的一块碎木板下面。两根柱子撑起那块木板，离地面十来厘米。这只歌带鹀产完了蛋，很可能已孵化出一窝雏鸟——尽管我不能肯定地这样说，因为我没有继续观察下去。巢穴隐蔽得很好，除了蛇和鼬鼠，不大容易遭到任何其他天敌的袭击。然而这种隐蔽通常收效甚微。

5月，一只显然在这个季节更早的时候遭了难的歌带鹀，也许它接受了它的表亲——家麻雀的启示，在我的房舍侧边的忍冬密丛中筑巢，那巢穴离地面大约4.5米，位置绝佳，悬垂的屋檐可以为它遮风挡雨，浓密的树叶屏障可以为它避开所有目光。在这鸟儿衔着食物在附近逗留之际，我只有极度耐心地观察，才能发现这只对世界充满怀疑的鸟儿之所在。我毫不怀疑地认为那一窝雏鸟是安全的，可是事情并非如此，一天夜里，这个巢遭到了掠夺，要么是一只猫头鹰干的，要么是一只爬到了藤蔓里面，寻找房舍入口的老鼠干的。

那只雌鸟大约在反省了自己的不幸命运一周之后，似乎决定尝试一系列不同的策略，把所有隐蔽的外表都抛到一边。它在离车道旁边的房舍仅几米开外的地方筑巢，把巢筑在一块光滑的草皮上面，有一些野草或灌木或其他什么东西来遮蔽它，或标明它的位置。在我发现它之前，筑巢工作就已经完成了，孵化也开始了。"好吧，好吧。"我说，俯视着那几乎就在我脚下的鸟儿，"这确实会走向另一个极端。现在，猫会把你给吃掉。"那绝望的鸟儿日复一日栖息在那里，看上去就像一片被压倒在低矮的绿草中的褐色叶子。天气渐渐炎热起来，它的位置就非常难受了。这可不再是给蛋保暖的问题了，而是如何让它的蛋避开炙烤的大问题了。太阳对它真是残酷无情，这只鸟在正午喘息得相当厉害。我们知道，在这样的紧急情况下，雄知更鸟一般都会栖息在孵蛋的雌知更鸟上面，展开翅膀来给它遮阴。但在这个例子中，雄鸟没有栖息之处，不能为雌鸟遮阴。我认为自己应该助以一臂之力，于是就拉来一根长满树叶的细枝靠在巢穴旁边。这很可能是一种不明智的干预，给这个地点带来了灾难——掠食者很可能沿着那根细枝爬了上去，巢穴破裂了，雌鸟很可能被捉住了，我后来再也没有看见过它的身影。

以前的几个夏天，在离房舍只有几米之遥的一棵苹果树上，一对鹟顺利地养育了一窝雏鸟。但是就在这个季节里，灾难也突然降临到它们头上。那对鹟筑完了巢穴，也产下了蛋，孵化开始了，一天早晨，大约在日出时，我听见苹果树上传来痛苦和警报的鸣叫，我探出窗外一看，瞥见一只乌鸦——我知道那是一只鱼鸦，那个家伙栖息在巢穴边沿上，匆忙挑选着巢里的蛋。那通常准备好对劫夺者发起攻击的亲鸟，似乎被悲伤和惊恐压制住了，以最无助和不知所措的方式振翅，直到那劫夺者因为我的接近而仓皇逃离，它们才恢复过来，朝劫夺者发起冲击。那鱼鸦朝上翻起它那威胁的头颅，急匆匆逃跑，这对狂怒的鹟几乎踩到了那个家伙的背上。这对鸟儿一连好几天逗留在它们那遭到了亵渎的巢穴周围，几乎完全沉默了，为它们的损失而悲伤，然后就消失了，很可能飞到别处去重新进行筑巢的尝试了。

鱼鸦，只有在它摧毁了它所能找到的所有鸟蛋和雏鸟后，才去捕鱼。这个家伙是我们的羽族动物中最卑劣的窃贼和强盗。从5月到8月，它把其他巢穴中的雏鸟都饱餐了一顿。所幸的是，它的分布很有限。它的身体比普通乌鸦要小，样子毫无高贵和尊严可言，而且它呱呱的叫声很微弱，还十分女性化，正是这种呱呱声给它贴上了顺手牵羊的窃贼的标签。迄今据我观察，鱼鸦在更远的南方相当常见，但在纽约州，除了哈得孙河流域，则难得见到它的踪影。

有一个季节，一对鱼鸦在一棵挪威云杉（Norway spruce）上筑巢。那棵树伫立在一幢无人居住的大房子附近，周围有一群浓密的装饰性树木。这对鱼鸦位于很多弱小的鸟中间，无异于狼入羊圈。很多小鸟——知更鸟、鸫鸟、金翅雀、绿鹃、山鹬，往往在靠近人类居所（尤其是在乡间大住宅附近，那里有很多树木和公园般的场地）的地方为自己的蛋和雏鸟寻求更安全的庇护之所，因此很容易成为这些强盗手到擒来的牺牲品。这对鱼鸦左右逢源，大肆掠夺，直到它们自己的雏鸟长到几乎羽翼丰满的时候，才遭到打扰——一些很久以前就把它们当作奖品的男孩，开始掠夺它们的巢穴。

每只牛鹂的成长都牺牲了更多的鸣禽

鸣禽的摇篮不在树端，它们一般都筑在低矮处。有些鸟类害怕来自下面的危险，甚于害怕来自上面猛禽那样的危险，往往在更高的枝条上筑巢。离地面1.5米的一条线延伸在大半个巢穴上面，一条约3米的线会限制巢穴的四分之三，作为规则，只有黄鹂和林绿霸鹟把巢筑得比这个标准要高一些。鸟类的敌人——乌鸦和松鸦，还有其他天敌完全学会了探查这一地带，然而鸣禽用树叶和大多数鸟巢的保护色来迷惑这些敌人，而且还干得无疑像职业鸟类学家一样，非常有效。红眼莺雀的巢穴，可以说是树林中安置得最巧妙的鸟巢之一，它刚好就在搜寻的目光自然停止的那个点之外，也就是说，在最低的树枝的极端尽头上，通常离地面一米多。你穿过树丛上下搜寻时，一边用目光注视树中，一边可能会对着隐藏在那里的某种猎物开枪，然而对于那根水平生长的低垂的枝头，又有谁会认为应该把枪口向那里瞄准呢？如果一只乌鸦或其他掠夺者要歇落在那根枝条上面，或者歇落在那根枝条上面的枝条上面，上面的一片大叶子立即就会形成株冠，遮挡看见巢穴的视线。猎巢者站在树脚下，直接看着前面，就可能轻而易举发现那巢穴，那样的话，鸟巢就不适合它那柔和的中性灰色调，而这种色调本来是跟树干和树枝完全融为一体的。的确，我认为树林中没有哪个鸟巢——没有哪个位于树上的鸟巢隐蔽得如此之好。

我上一次看见一个鸟巢，是在一片边远的森林空地上，它仿佛是一棵枫树的低矮枝条的自然下垂物，几乎擦到了一幢未使用过的干草仓的护墙板上。透过裂缝窥探，就在离我的脸十来厘米的范围之内，我看见了那只正在喂养自己那些羽毛近乎丰满的雏鸟的雌鸟。然而牛鹂很快就发现了这个巢穴，把它的蛋寄居在里面。正如其他例子一样，牛鹂在这方面的策略很可能是去观察那只雌鸟的动向，我们常常可以看到它为了达到自己的目的而焦虑不安，穿过树丛或灌木，搜寻一个合适的鸟巢寄放自己的蛋，还经常看到它栖息在某个良好的观察点上，观察鸟儿在它周围飞来飞去，追踪它们的巢穴的位置。

在很多例子中，牛鹂寄放自己的蛋的伎俩，无疑是偷偷搬走巢穴合法主人的一枚蛋，从而为自己那非法的蛋腾出一点儿空间来。当牛鹂在自己认为的理想的巢穴中发现两三枚蛋时，它就会搬走其中一枚。我曾经发现，在一个雀鹀的巢中有两枚雀鹀蛋和一枚牛鹂蛋，另一枚雀鹀蛋则躺在巢穴下面大约30厘米处的地面上，我把这枚被搬出来的蛋重新放回去，可第二天却发现它又被搬了出来，又一枚牛鹂的蛋取代了它的位置，我第二次把它放回去，它又被搬走了，或者遭到了破坏，因为我到处都找不到那枚雀鹀蛋了。像莺那样非常机警和敏感的鸟，通常把陌生的蛋埋藏在构筑于老巢顶上的第二个巢里。

一天早晨，一位居住在某个东部城市郊区的女士，听见一对莺鹪鹩发出痛苦的鸣叫，它们的巢穴就安置在她的前廊上的一株忍冬上面。她探出窗外，看见这幕小小的喜剧——从她的观点来看是喜剧，但是从鹟鹩的观点来看，却无疑是残酷的悲剧：一只牛鹂衔着一枚鹟鹩蛋，沿着步行道迅速奔跑，一对暴怒的鹟鹩穷追不舍，一边尖叫、叱责那牛鹂，一边用姿势相互交流，除了这样做，这些健谈的小鸟便别无他法。牛鹂很可能在侵犯巢穴的行动中受到惊吓，鹟鹩们正对它大加责骂。

每只牛鹂的养育成长，都是在损害了两只或更多鸣禽的前提下实现的。对于这些走在吃草的牛群中间的羽毛微暗的小小步行者来说，它们每存活一只，就至少要牺牲两只雀鹀，或者绿鹃，或者莺。这无异于付出了很大的代价——两只云雀换一只鹀（bunting），等于一金镑才换到一先令，可是造物主捉摸不透，偶尔也会毫不犹豫地采取这种自相矛盾的方式。与它所寄放巢穴中的合法雏鸟相比，牛鹂的雏鸟大得不成比例，而且富于侵略性，你完全可以说它贪婪成性。一旦受到打搅，它就会抓紧巢穴大声尖叫，同时威胁着戳动嘴喙。在我观察的歌带鹀的巢穴中孵化出来的一只牛鹂，很快就超过并制服了几小时后破壳而出的歌带鹀雏鸟，这使我常常不得不出面干预，对歌带鹀雏鸟施以援手。我每天都拜访那巢穴，把那被压在大腹便便的非法入侵者下面的歌带鹀雏鸟取出来，放在上面，使它不至于被敌人压制住。这两种鸟儿大约同时长满羽毛，离开巢穴。在那之后，这种竞争是否公平，我就不得而知了。

临近季节结束，蓝背莺巢也就空荡荡了

在那个季节里，我只注意到两种莺的巢穴：一种是黑喉蓝背莺的巢，一种是红尾鸲（redstart）的巢。我在我的简陋小凉亭中闲散地消磨了很多个夏日，红尾鸲把自己的巢穴构筑在离小凉亭仅几米之遥的苹果树上。这活泼的小鸟四处冲刺、闪现，在我发现它们的巢穴之前，把我的注意力吸引了一周，很可能在我出现在那个场合之前，它们就在清晨劳动、筑巢，因为我从未看见它们的嘴喙里衔着东西，从它们的飞行运动来猜测，那个巢穴位于一棵伫立在附近的大枫树上面，于是我爬上树去探查个究竟，尤其是仔细探查枝条分叉处，因为权威人士说这些鸟在分叉处筑巢，可是我怎么也找不到巢穴，实际上，人们怎能通过搜寻来发现鸟巢呢？我把目标看得过远，而那巢穴离我要近得多，几乎就在我的眼皮底下，我并不是在搜寻，而是在想着其他事情时，通过偶然的扫视发现了它：当我从书本中抬头仰望，一眼就看到了那鸟儿，它就栖息在自己的巢穴上。那个巢穴就构筑在附近的一棵苹果树上，在一根布满瘤节的水平生长的长枝尽头，可是群集的叶簇把这个巢穴遮蔽得严严实实，里面有三枚蛋，其中一枚被证明不可能孵化出雏鸟了。后来那两只雏鸟破壳而出，迅速成长，出壳后的第二周就来到巢外活动，可是它们的某种天敌在第一夜就捉住了其中的一只雏鸟，存活下来的那只雏鸟一直长到成熟，过了一些日子，它就跟随父母从附近消失了。

蓝背莺的巢穴离地面不到30厘米，在卡茨基尔山中，位于低矮的铁杉、山毛榉和枫树密林中的一小丛灌木里面，那是一种深深的、厚重的精致结构，栖息的鸟儿沉陷进去，从边沿上只能看到它的嘴喙和尾巴。在一个薄雾笼罩的寒冷日子，我碰巧发现了那个巢穴，雌鸟本能地知道，它要离开那四只正在孵化的蛋，让自己的宝贝在片刻间毫无遮掩地暴露出来，是极其不慎重的。当我在巢穴附近坐下时，它变得非常不安，假装突然坠下枝头，仿佛受了伤，在地面上吃力地拖拽自己，试图把我骗走，在这种哄骗成为徒劳之后，它又靠近我，在我所坐之处不到两米之内，胆怯然而半怀疑地遮盖它的蛋。我为了记录它的行为方式而数次扰动它。它的神情和举止显露出某种堪称迷人的东西，它一直坚守着岗位保护自己的蛋，直到我伸出的手离它很近时，它才不得已飞走。最后，我发现这个巢的空洞中有一片枯叶，这只鸟儿并没有将其衔走，而是把它的头颅熟练地插到这片叶子下面，将它抖落到地面上。它周围有很多邻居，受到它那报警的调子的吸引，都同情地飞过来窥探我这个入侵者，然后又飞走了，但是雄鸟没有出现在现场。我不知道这个巢穴最后的结局，因为我没有再次造访那里，直到临近那个季节结束，这个巢穴当然也就空荡荡了。

很多年过去了，我都没有发现一个褐弯嘴嘲鸫（brown-thrasher）的巢穴，你在行走时很可能发现不了这种鸟巢，它隐蔽得极好，就像一个守财奴藏起来又猜疑地看守着的金子。雄鸟栖息在它所能找到的最高的枝头，尽情施展它那丰富而喜悦的歌喉，对你来到它的附近寻找它的宝藏的意图发出十足的挑战。可是，如果你离开，你就找不到它们的巢穴了——那巢穴就在它的歌声荡漾的外圈的某个地方——它从不那么轻率，因此它站在非常接近巢穴之处。画家们画过一幅幅让人感觉很舒适的小小图画，画面上是一只正在孵蛋的雌鸟，雄鸟栖在一米开外的地方纵声歌唱，这些画家并没有复制出它们的自然状态。

　　我发现的嘲鸫巢穴，离雄鸟常常出色地纵声吟唱的地点有150~200米，位于一棵低矮的桧树下面的开阔地里。当我从附近经过时，我的狗惊动了那栖息在巢中的鸟，它的小屋构筑得小心翼翼，使用了各种隐藏艺术，只有抬起或分开树枝才能看见。这是你能找到它的最后一个地方，在这里你一定要记住观察，如果不观察，就只能看到这低矮地铺展的桧树浓密的绿色圈子了。当你接近时，那鸟儿会坚守在自己的岗位上，直到你开始撩动树枝了，它才会惊飞而起，而且仅仅是飞掠地面，以一条亮褐色的线条飞向附近的篱笆和灌木。我自信地期盼这个巢穴会逃脱掠食者的骚扰，可是它也没能幸免于难，我和我的狗发现了它，很可能为它打开了厄运之门：不久后的一天，当我在这个巢穴上朝里面窥探时，它已然空荡荡的了。雄鸟骄傲的歌声也从那棵它习惯栖息的树上停止了，附近再也没有这对鸟儿的踪影了。

棕林鸫的巢穴容易遭遇乌鸦和松鼠的洗劫

东菲比霸鹟是聪明的建筑师，在它本身和它的巢穴两方面，它避免危险的能力跟任何其他鸟儿一样强。它那谦逊的灰白色外衣，与它筑巢之处的天然岩石的颜色毫无二致，也是它随意用这种颜色来伪装其巢穴，让巢穴的外观看起来犹如自然生长或增生的青苔的颜色。然而，当它进入谷仓或者棚屋筑巢时，就像它通常所干的那样，就不再使用青苔了，因为青苔本身与环境很不搭配了。无疑是这鸟儿及时获得了这种提示，当它在这样的地方筑巢时，就不会用青苔。

在我提到的那个夏天，我注意到了两个巢穴：一个在谷仓里面，我怀疑由于老鼠入侵的缘故，尽管小猫头鹰也可能会是劫掠者，那巢穴没有孵化的结果；另一个在树林中，孵化出了三只雏鸟。树林中的那个巢穴安置得最迷人，也最明智。我在寻找睡莲时发现了它——位于树林中一片连绵的深水中，一棵大树伫立在水边，无数的根朝上翻起，黑色的泥炭似的土壤塞满了缝隙，这棵大树犹如一两米高的残墙，从凝滞倦怠的水流边升起。在这道只能从水上看见和接近的土墙上，有一个凹处，一只东菲比霸鹟在那里构筑了巢穴，养育了一窝雏鸟，我划着小船溯流而上，沿岸而来，准备把这一家子带到船上。那些雏鸟几乎准备好了飞翔，它们因为我的出现而受到很大的惊扰，很可能它们的母亲曾经向它们保证过，这里很安全，让它们无需理会来自水域那一边的危险。确实，这里不是水貂所能到达之处，要不然它们就不会如此安全了。

　　我只注意到一个林绿霸鹟的巢穴，它跟其他那么多鸟儿的巢穴一样，也没有孵化的结果。它位于伫立在路边的一棵悬铃木树上，由一根小枯枝承受着，离地面十多米。几乎一周，我每天经过时都看见那鸟儿栖息在巢穴上面。在那之后的一个早晨，我看见它不在自己的巢穴中了，经过检查，我发现这个巢穴空空如也——我想无疑是遭到了红松鼠的掠夺，因为这个巢穴附近有很多红松鼠，而且它们似乎把每个鸟巢都扫荡得一干二净。林绿霸鹟善于构筑一种精致的巢穴，那种结构仿佛是用模子造就出来的，这个筑巢能手施展技艺，把自己的巢穴造得不大不小，整洁而精致，犹如蜂鸟和小小的灰蚋莺（gray gnat-catcher）的巢穴，但所用材料比蜂鸟和灰蚋莺用的筑巢材料要耐用得多，在眼下这个例子中，巢穴是用干枯精细的雪松枝构成的，但是这些细枝尽可能被它编成一个结实的浑圆形状，就像是用最坚韧的塑料造就的一般。这种鸟儿的巢穴，看起来确实跟它所在的粗枝上那种地衣覆盖的杯状大赘瘤十分相似，栖息之际，那鸟儿似乎完全安心舒适。大多数鸟儿似乎都非常努力地从事着孵化工作——这可以说是一种殉道，似乎要它们付出自己所有的忍耐力。它们有一种如此专注、固定、出神的神情，缩进巢穴中，一动不动，仿佛是铁铸而成。然而，林绿霸鹟是一个例外。在很大程度上，你可以从巢穴边沿上面看到它，它的姿态放松而优美，这样或那样移动自己的头颅，似乎在观察周围发生的一切。如果它的邻居顺便来访，做短暂的社交闲聊，它无疑也能尽自己的职责。实际上，它干着一件轻巧容易的工作，而对于大多数其他鸟儿来说，这种工作是一件严肃而又很有趣味的事情。如果它看起来不像在表演，那么至少也像在休闲和悄然沉思。

在筑巢者中，棕林鸫更频繁地遭到乌鸦、松鼠及其他敌人的洗劫。它竟然敢毫不隐蔽地公开筑巢，仿佛它认为整个世界都像自己一样诚实。它最喜欢的筑巢之处是树苗的分叉处，离地面大约一米，因此很容易落入敌手，每一个穿过树林和小树丛来觅食的劫巢者都容易发现它。棕林鸫不像猫鹊、褐弯嘴嘲鸫、金莺（chat）或者棕胁唧鹀那样惯于躲避和隐藏，它并没有用这些鸟儿的隐蔽艺术来构筑自己的巢。我们的鸫鸟都是坦率、举止公开的鸟，但棕夜鸫（veery）和热带森林蜂鸟要狡黠一些，一般在地面上筑巢，在那里它们至少能逃避乌鸦、猫头鹰和松鸦，也因此更可能被红松鼠和鼬鼠忽视；而知更鸟则乐于寻求人类居所和外部建筑物的保护。

多年来，我都不清楚棕林鸫的巢穴是否能维持下去。在前面提到的那个季节里，我只观察到了两个棕林鸫的巢穴，显然都是第二次筑巢时构筑的，在季节向前稳步推移之际，那两个巢穴都破裂了。其中一个巢穴安置在苹果树的枝条上，那棵苹果树靠近一幢居所，把枝叶铺展到了公路上。那个巢穴构造就在离道路中央几乎不及三米的上空，一车满载的干草刚好能从下面通过。它构筑得颇为醒目，使用了一大块报纸碎片来作为它的基础——在大多数例子中，这并不是安全的建筑材料，印刷品可能会保护别的一切，但这张特殊的报纸并没有使这个巢穴免遭破坏。我看见了其中的蛋，很可能还看见了那雌鸟，却没有看见羽毛刚刚丰满的雏鸟。一桩谋杀发生在公路上面，但我无法知道究竟是发生在光天化日之下，还是发生在夜幕的掩护下，活蹦乱跳的红松鼠无疑是肇事者。

另一个巢穴则位于一棵枫树苗上，在离上面提到过的那个小凉亭仅几米的范围之内。我怀疑鸟儿在这个季节次第尝试筑巢，是在小山下的一个更为偏僻之处，但失败了，因此这一对鸟儿才来到离房子更近的地方寻求保护。在我碰巧看到巢穴之前，雄鸟已在附近的树上歌唱了多天。我想，就在那个早晨，这个巢穴完了，我看见 只红松鼠在探查一棵只有几米远的树，它很可能像我一样很清楚那鸟儿的歌唱意味着什么。我没有看到巢穴内部，因为那巢穴立即就被废弃了，雌鸟很可能只产下了一枚蛋，就连这唯一的蛋也被松鼠吞吃了。

刺歌雀的筑巢经验：辽阔隐藏了渺小

如果我是鸟，我筑巢时就应该遵循刺歌雀的经验，把巢穴安置在一个宽阔的牧场中心，那里不像其他地方，那里没有嫩枝，也没有花朵和生长物来标明它的位置。我认为，刺歌雀逃避我所注意到的外界危险远比其他鸟儿要少，或者压根儿就没遇见过什么危险。除非是刈草者比刺歌雀所预计的日期来得要早，即在7月

1日之前，或者是一只臭鼬发出不寻常的噪音穿过草丛，它才会搬家。就像鸟类也能安全地处于空旷辽阔的大自然中那样，它很安全。在雏菊或牧草和苜蓿草中，它选择了它所能找到的最单调、最一致之处，把它那简单的构造安置在那个地方中央的地面上。没有隐藏，因为辽阔隐藏了渺小，沙漠隐藏了鹅卵石，无数隐藏了单一。如果你的路线碰巧引导你越过那个地方，你的目光又十分敏锐，足以在那沉默的棕色鸟儿疾驰而去之际注意到它，那么你就可能会发现它的巢穴；可是要是往错误的方向走上三步的话，你的搜寻就很可能一无所获。

有一天，我的朋友和我偶然发现了一个刺歌雀的巢穴，然而一分钟之后就把它给弄丢了。为了弄清楚雌鸟的下落，我走开几米，同时告诫我的朋友不要从他的路上移开。可是当我回来时，他说他移动了两步（实际上他移动了四步），我们花了半个小时在雏菊和毛茛上俯身，寻找丢失的线索，可是徒劳无功。我们渐渐绝望了，用双手摸遍了地面，可还是一无所获。我用一根灌木来标明那个地点，第二天再来寻找，以那根灌木为中心，慢慢围绕它扩大搜索范围，我想我几乎用脚搜遍了每一寸地面，用我所能调动的视觉力量来把握巢穴的所在，直到我渐渐失去了耐心，我放弃了，沮丧不已。那巢穴如此隐秘，以至于我甚至开始怀疑雌鸟本身发现自己巢穴的能力了，因此我只好隐藏起来观察鸟儿的动向。耽搁了很久之后，雄鸟衔着食物出现了，它很满意自己的那条清晰的飞行路线，飞落到我在搜寻时践踏倒了的草丛中，我的眼睛盯着一棵特殊的加拿大百合，径直走向那个地点，俯下身子，专注地久久凝视着草丛里面。终于，我的目光从周围的环境中把那个巢穴和雏鸟辨别了出来。搜寻中，我的脚几乎错过了它们，可是我始终不清楚它们怎样凭借周围的环境逃避了我的目光，很可能根本不是凭借距离，而仅仅是凭借那种让人分辨不出的伪装。那巢穴几乎无形，暗灰色和浅黄色的枯草及牧场底部的残根，恰好与长了一半羽毛的雏鸟的颜色一模一样，还不只这样，雏鸟如此紧密地拥抱着巢穴，与之形成了紧密的一片，因此，尽管有五只雏鸟，而对于目光，它们所表现出来的也只是一个最微小的整体，无法确定出一个单独的头颅或形体，它们是一个整体，而那种一体性没有形态和颜色，不可分割，除了靠近牧场底部仔细观察，才能辨别出来。同其他刺歌雀的巢穴一样，那个巢穴无疑很兴旺，虽然刺歌雀在秋季迁徙中遭到南方狩猎爱好者大量射杀，好不容易才坚持了下来，但它们演奏的音乐在我们北方的牧场上并没有减少。

比起那些巢穴和雏鸟极少暴露在危险之下的鸟儿来，那些时时为生存而挣扎的鸟儿的繁殖能力似乎要强一些。知更鸟、麻雀、山鹬等鸟儿，在一个季节里会养育或试图养育两窝雏鸟，有时竟会养育三窝雏鸟，但是刺歌雀、黄鹂、鹩、金翅雀、雪松太平鸟、猛禽，还有啄木鸟，在安全的隐蔽处筑巢，在树干上筑巢，通常只能养育一窝雏鸟。如果刺歌雀养育两窝雏鸟，这些鸟儿无疑就会挤满我们的牧场。

8月，在一个果园里，我注意到了三个雪松太平鸟的巢穴，全部都丰富多产，但是它们里面都有一枚或更多没孵化出来的蛋。在我们拥有的鸟类当中，雪松太平鸟最为沉默，迄今据我观察，它只发出一种精美的调子，但它的举止却常常颇为富于表达。我所了解的其他鸟儿都不像雪松太平鸟，这种鸟儿能在巢穴上表达出如此多的沉默的警报。当你爬上树去接近它时，它就压抑住羽衣和冠顶，伸展脖子，摆出一副非常恐怖的样子来。在相似的情况下，其他鸟儿几乎根本不改变表情，直到飞到空中，它们才发出叫声来表达愤怒，而不是警报。

鼬鼠是鸟类的阴险大敌

我多次提到过，红松鼠是蛋和雏鸟的破坏者。我认为，也不能过高估计它在这方面所带来的危害。几乎所有鸟儿都把它视为敌人，当这个家伙一出现在鸟儿用于孵化的老巢附近，众鸟就群起而攻之，骚扰它，折磨它，因此，我见过山鹬、布谷、知更鸟、棕林鸫用愤怒的声音和姿势来追逐它。我的一个朋友见过一对知更鸟对一只红松鼠发起强有力的攻击，致使那个家伙在高高的树端失去平衡，掉到了地面上，震惊得回不过神儿来。但如果你希望鸟儿在你的果园及小树丛里繁殖和繁荣生长，那么就逐走每一只侵扰那个地方的红松鼠吧。

鼬鼠是鸟类的阴险大敌，它从容地爬到树上，极度安闲而敏捷地探索鸟儿，我在好几个场合看见它这样干过。有一天，我的注意力被一对褐弯嘴嘲鸫发出的愤怒的调子吸引住了，它们在偏远的田野里，沿着一排古老的石头，从一丛灌木轻轻飞掠到另一丛灌木，过了一会儿，我就看见了那让它们激动不安的东西——三只红色大鼬鼠，或者是白鼬，沿着石墙而来，悠闲而又半嬉戏地探索着靠近石墙的每一棵树，它们很可能劫掠了褐弯嘴嘲鸫的巢穴。它们极度安闲地爬上树，像蛇一般从主枝上滑行出去，当它们从树上下来时，它们不能像松鼠那样直接下来，而是呈螺旋状围绕着树爬下来。当我靠近时，它们非常大胆地把头探出墙外来看着我，嗅闻我，它们那薄薄的圆耳朵，那凸出的闪耀的珠子般的眼睛，还有它们的头颅和脖子呈现出的那种蛇一般的曲线形运动，都非常惹眼。它们看起来像是吸血者和吮蛋者，暗示着某种极其冷酷而残忍的事情。人们可以理解老鼠在发现这些无畏的、阴险的、迂回的动物穿越老鼠洞时发出的警报。对于小动物，要逃避鼬鼠，无异于试图逃避死神本身。

有一天，我伫立在树林中的一块扁平的石头上，在某些季节，这块石头是一条溪流之床，当时溪流干涸了，我可以站在上面。就在那时，一只鼬鼠起伏着一路走来，然后在我所伫立的石头下面奔跑。我一动不动，它挺直地伸出它那楔形的头，又在石头上转回去，仿佛想要咬住我的脚，然后缩了回去，片刻后它就走了。这些鼬鼠像英国白鼬一样，常常成群狩猎。我还记得我还是孩子的时候遭遇这些家伙的情景：有一天，我的父亲用一只陈旧的滑膛枪把我武装起来，打发我去射杀玉米地周围的花栗鼠。在我警戒花栗鼠之际，一群鼬鼠翩然而来，试图穿越我就坐的狭窄的小路，而且仿佛非要过去不可，于是我就像男孩们所做的那样，朝着它们扣动扳机开火，目的仅仅是阻止它们的这种意图，其中的一只鼬鼠被我射出的霰弹击中了，动弹不得，可是这群鼬鼠并没有泄气，更没有退缩，在多次假装做出要越过的样子后，其中一只鼬鼠背负着伤者，与同伴们消失在另一边的墙里。

让我用两三个记录来给这一章做结论，这些记录有关鸟类的机警的敌人—小动物鼬鼠。

有一天，一个农夫听到草丛中发出一阵奇怪的咆哮声，接近那个地点一看，只见两只鼬鼠在争夺猎物——一只老鼠，双方都不肯让步，咬住猎物朝自己这一方拉扯，争斗得如此专注，以至于农夫把手小心翼翼地放在这两只鼬鼠的颈背上，紧紧抓住它们，关进笼子，用面包和其他食物来喂它们，可是它们拒绝吃这些东西，但过了一些日子，其中的一只鼬鼠吃掉了另一只鼬鼠，把同伴骨头上的肉都啃吃得精光，只剩下一具光秃秃的骨架。

有一天，这同一个农夫在地窖中时，两只老鼠从附近的一个洞中极度仓皇地跑了出来，爬上地窖的墙壁，跑到地窖顶端，然而那里有一根圆木阻止它们前进，让它们陷入了困境，激动不安地回顾着它们所来的路线。片刻后，一只显然穷追不舍的鼬鼠爬出洞口，看见农夫阻挡了它前进的路线，就迅速退了回去。如果那两只老鼠奋起反抗，转而跟鼬鼠搏斗，很可能会跟它形成棋逢对手的局面。

　　鼬鼠似乎靠嗅觉追踪猎物。有一天，一个我熟悉的猎人坐在树林中，看见一只红松鼠急速蹿到离他不远的一棵树上，跑到一根长长的树枝的尖端，从那里再跳到一些岩石上，然后消失在岩石下面。片刻后，一只鼬鼠沿着松鼠跑过的全程路线追踪而来，爬上树，来到树枝的尖端，像松鼠一样从那里跳到岩石上，然后没入岩石下面。

　　松鼠无疑成了这只鼬鼠的猎物。其实松鼠最好的策略就是固守在更高的树枝上，那样它就能轻而易举地跟鼬鼠保持距离。但在岩石下面，它就没有什么机会了。我常常疑惑是什么东西控制鼬鼠这样的动物，因为鼬鼠相当稀少。它们从来不会饥饿，因为它们的食物很充足——到处都有田鼠、松鼠、家鼠和鸟儿。鼬鼠很可能不会成为其他动物的猎物，而且很少成为人类的猎物。但是，正如达尔文所说的那样，阻止各种动物增长的条件和力量非常模糊，而且鲜为人知。